Le souffle de Mars

Du même auteur dans la même collection :
Fly Me to The Moon,
nouvelle parue dans *Graines de Futurs* (n°1)

Collection dirigée par Denis Guiot
Couverture illustrée par Manchu

Participation à l'ouvrage : Chloé Chauveau
et Dominique Montembault
Mise en pages : Studio Michel Pluvinage

Loi n° 49-956 du 16 juillet 1949
sur les publications destinées à la jeunesse
Dépôt légal : mars 2001

ISBN : 2 7404 1161-8

Le souffle de Mars

Christophe Lambert

MANGO JEUNESSE

La vie, dans son essence même et dans son caractère, est une effrayante énigme – il faut tuer et dévorer pour vivre.

Joseph Campbell,
Puissance du mythe

Mission scientifique *Burroughs*

Liste des membres :

- Charles Hallahan, 61 ans, climatologue
- Wilford Brimley, 47 ans, géologue
- Laurence Turman, 52 ans, météorologue
- Frances Sternaghen, 35 ans, glaciologue
- Kurdy Russel, 36 ans, auxiliaire technique
- Keith David, 16 ans, stagiaire

PREMIÈRE PARTIE

Prisonniers du silence

Nous vivons à l'intérieur d'une réalité changeante et ambiguë, en croyant que l'univers décrit par Newton est exact et stable.

John Carpenter

I

Keith David, une main en visière, contemplait l'aube cuivrée qui se levait sur la calotte polaire, une sorte de millefeuille géant où les strates orangées cohabitaient avec des myriades de reflets bleus.

Il était arrivé sur Mars à l'âge de quatre ans, avec ses parents. Ces derniers travaillaient dans les services administratifs de *Bradbury Town*, l'unique cité bâtie par les colons. Keith, qui avait maintenant seize ans, n'était jamais sorti de la Citadelle, surnom donné à *Bradbury* par ses habitants. De fait, il n'avait pu goûter aux grands espaces martiens que par le biais des holodecks à immersion 3D. Même si le réalisme de ces simulations était troublant, elles ne remplaçaient pas le vrai contact avec la nature. Aujourd'hui, l'adolescent n'avait qu'un seul regret : la barrière que son scaphandre autonome érigeait entre lui et la planète rouge. C'était ça ou rien. Dans plusieurs siècles, grâce à la terraformation, des hommes pourraient se promener sur Mars à l'air libre. Mais pour l'instant, en 2121, le port d'une lourde tenue pressurisée et chauffée était indispensable.

Keith soupira et s'accroupit, reportant toute son attention sur le travail en cours. Il attacha un cylindre métallique à l'extrémité inférieure d'un gros ballon rouge. Le cylindre abritait une brochette d'appareils de mesure très précis et très coûteux, qui transmettraient à la station, par radio, quantité d'informations sur le vent, la température, la pression atmosphérique… là où le ballon-sonde jugerait bon de les amener. Ces données seraient ensuite analysées par Laurence Turman, la météorologue du groupe. Lorsque, avant de quitter *Bradbury Town*, le professeur Turman avait demandé qu'on lui alloue un stagiaire pour la seconder à *Burroughs*, la station scientifique située près du pôle Nord, Keith s'était tout de suite porté volontaire. Il rêvait depuis trop longtemps de fouler la surface des calottes martiennes. Et puis, il y avait une autre raison, plus délicate celle-là. Une blessure à cicatriser. En gros, ça ne lui déplaisait pas de prendre le large…

Le garçon vérifia une dernière fois ses branchements, puis se redressa, bien campé sur ses longues jambes. Il était costaud, et surtout très grand (un mètre quatre-vingt-dix alors que sa croissance n'était pas encore terminée). À ce rythme-là, on lui fabriquerait des scaphandres sur mesure dans quelques années ! Il avait un visage mobile et expressif, un nez rond, de grands yeux bleus étonnés, et l'ensemble traduisait bien sa curiosité naturelle.

Il lâcha son « bébé », un sourire aux lèvres. Le ballon s'envola, passa au-dessus d'un florilège de panneaux indicateurs fantaisistes : Seattle, Denver, San Antonio, New York, L4 et Port Doppler, les villes ou stations orbitales d'où les six membres de l'équipe étaient originaires ! Bien sûr, les distances se chiffraient en millions de kilomètres.

Le ballon flottait maintenant dans un ciel rouge orangé balafré de traînées jaunâtres. Rien à voir avec le ciel terrestre, même lors de ses plus chatoyants couchers de soleil. C'était la poussière en suspension qui lui donnait cette coloration si particulière. Ici, il y avait dix fois plus de particules atmosphériques que dans le *smog* de Los Angeles, déjà très compact. Les minuscules grains absorbaient les longueurs d'ondes bleues de la lumière solaire, laissant la part belle aux teintes plus chaudes.

La sonde-météo dérivait vers le sud, vers les dunes qui marquaient la frontière entre le désert de glace et le désert tout court. Keith plissa les yeux. Il distinguait quelque chose, un point noir, juste au-dessus de l'horizon. Il s'agissait peut-être de Phobos… Pourtant, il avait toujours entendu dire que le satellite n'était guère visible depuis les pôles. Il secoua la tête. Ce devait être autre chose car le point noir grossissait.

La navette de ravitaillement ? Peu probable : elle était déjà passée la semaine dernière.

Alors quoi ?

Dans la station *Burroughs* – un gros bidon vertical de quinze mètres de diamètre solidement ancré au sol par des pilotis –, on avait tiré profit de l'espace vital au maximum. Chaque meuble, chaque appareil était fonctionnel et non décoratif. On avait donné la priorité aux systèmes visant à recycler l'eau, l'air et les déchets. Le plafond de la cuisine, par exemple, disparaissait sous un lacis de conduits, de tuyaux et de gaines de ventilation en tout genre. Malgré cette installation, on n'arrivait pas à supprimer l'odeur de graillon qui planait au-dessus des fourneaux. Et pour couronner le tout, il faisait une chaleur à crever dans cette partie de l'habitat.

— Vive la technologie ! gloussa le barbu qui s'agitait tout seul dans la kitchenette.

Il remuait la tête, en transe. Le discman vissé sur ses oreilles diffusait du métal-schizo-garbage à plein tube. De taille moyenne, la trentaine, chevelu comme un hippie de l'ère préspatiale, l'olibrius portait un tablier sur lequel on pouvait lire « C'est qui le chef ? », un bermuda, ainsi qu'une chemise hawaïenne riche en cocotiers et en singes hilares. Bref, il ne ressemblait pas vraiment à l'idée que l'on peut se faire d'un scientifique. D'ailleurs, il n'en était pas un. Kurdy Russel faisait office de cuisinier, de mécanicien et de responsable des télécommunications, entre autres attributions. Martien à tout faire, quoi ! Pour l'heure, il jonglait avec une demi-douzaine de bouteilles et un shaker argenté. Un liquide encore plus coloré que le ciel martien se mélangeait lentement aux glaçons entassés dans le fond du récipient.

— Vermouth ? Vermouth ?

Plus une goutte de vermouth. Il se rabattit sur de la vodka, avec un trait de Tabasco.

— Yeaahh !

La conception de cocktails aléatoires était devenue, en quelques semaines, sa grande spécialité, son imagination palliant sans peine les limites du stock.

— La touche finale : une branche de céleri !

Il testait pour la première fois son bloody-pina-sunrise, une mixture à base de bloody mary, de pinacolada et de tequila sunrise !

— Nestor, rapplique un peu par ici, mon vieux !

Un robot courtaud, monté sur chenilles, apparut dans l'encadrement d'une porte juste assez large pour le laisser passer. Le cuisinier vissa le couvercle du shaker et plaça ce dernier dans l'un des bras-pinces.

— À toi de jouer, l'ami !

Nestor secoua le breuvage sans faiblir, avec une régularité toute mécanique, durant trente secondes. Pas une de plus, pas une de moins.

— *All right !*

Russel coupa la musique. Il porta le cocktail à ses lèvres, ferma les yeux, prêt à savourer un moment inoubliable… et recracha tout dans l'évier.

— Aaahh ! Dégueu !

Au même instant, son bipeur émit une stridulation caractéristique. Il détestait ce gadget grâce auquel on pouvait le joindre n'importe où, n'importe quand. Il ne se passait pas une demi-heure sans qu'on le sifflât, comme un petit chien. Ces messieurs dames de *Burroughs* jouaient aux grands savants, mais ils n'étaient pas foutus d'enfiler leur scaphandre tout seuls ! Il n'y avait que Keith, le « petit » stagiaire, et Charles Hallahan, le climatologue, qui ne la ramenaient pas trop.

— J'arrive, j'arrive, râla le cuistot en jetant un œil torve à l'écran du bipeur.

L'inscription « message » clignotait sur la minuscule fenêtre à matrice active. Russel avait relié son gadget au local des transmissions dans l'hypothèse où quelqu'un chercherait à joindre la station alors qu'il n'était pas de quart.

— Le devoir m'appelle, expliqua-t-il au robot, qui ne lui avait rien demandé.

D'un geste dégoûté, il versa tout le contenu du shaker dans la trappe-poubelle murale.

Le graphique du modulateur de fréquence évoquait l'électrocardiogramme d'un grand malade. Des creux, des pics, encore des creux, aussi profonds que les canyons de Valles Marineris.

— Qu'est-ce que c'est que ce souk ? grinça Russel.

Il s'installa à son poste, sourcils froncés. Ses doigts glissaient déjà sur l'écran tactile pour ajuster les différents paramètres de la transmission.

— Ici base *Burroughs*, me recevez-vous ?

L'image était de très mauvaise qualité, saturée de parasites. On devinait plus qu'on ne la voyait une silhouette, cadrée au niveau du buste. Une voix sortit des enceintes pyramidales qui jouxtaient la console :

— … crrrrr… *Burroughs* ? crrrrrr… essaye de vous joindre depuis… crrrrrrrr…

— Heu, je… je bricolais un truc, à l'extérieur…

Il effectua deux ou trois réglages. L'image se précisa : un homme, entouré de cadrans, de voyants lumineux. Une cabine de pilotage…

La navette ! Alors là, y a un truc qui m'échappe, songea Russel avec une pointe d'anxiété.

— … crrrr… l'air ! crrrrritchhh… puis… crrrrr… sont devenus comme fous, ânonnait le pilote. Ils nous ont attaqués ! crrrrrrrr… Ils…

Sa tête retomba contre sa poitrine, puis il se ratatina sur le tableau de bord.

— Eh, ho, mon vieux, réveillez-vous ! s'affola Russel.

Une sombre pensée lui traversa l'esprit : *s'il y a des passagers à bord, j'espère qu'ils ont bien bouclé leur ceinture !*

Le morceau de glace que Frances Sternaghen tenait entre ses gants avait une couleur roussâtre. La poussière y était emprisonnée aussi sûrement qu'un insecte dans une coulée d'ambre. En été, lorsqu'une partie de la calotte s'évaporait, les vents transportaient d'importantes quantités de sable jusqu'aux pôles. Ces fines particules, l'hiver venu, se trouvaient piégées par le gel et formaient des couches successives.

Frances rangea son échantillon dans une mallette spécialement conçue à cet effet. Elle souriait sans discontinuer sous son casque. Un sourire presque idiot, et pourtant cette jeune femme de trente-cinq ans n'avait rien d'une idiote ! Glaciologue de formation, elle vivait un rêve éveillé. Toute cette glace, à perte de vue, rien que pour elle. Ou presque…

Bien qu'elle ne soit pas géologue, Frances Sternaghen avait gagné son billet pour la planète rouge grâce à ses travaux révolutionnaires sur la formation du relief martien. D'après elle, les petites vallées n'avaient pas été sculptées par le ruissellement des eaux de pluie ou par les remontées du sous-sol. Elle prétendait que, dans un très lointain passé, une calotte recouvrait TOUTE la planète. Protégée des basses températures de la surface, l'eau issue de la glace fondue avait pu couler et creuser le sol. Bien sûr, cette théorie ne faisait pas l'unanimité, et la jeune femme se chamaillait souvent à ce propos avec son collègue Wilford Brimley (un vrai spécialiste en géologie, lui).

D'ailleurs, où était-il passé celui-là ? Ah oui, il faisait sa cueillette matinale de météorites. Deux kilomètres plus au nord, il avait découvert un véritable champ de pierres. Elles étaient trop lourdes pour avoir voyagé avec les vents de sable. Cela signifiait donc qu'elles venaient de l'espace. Brimley se régalait. En fait, tout le monde prenait son pied à *Burroughs*. Tout le monde sauf Kurdy Russel, le mécano. Celui-là, seul le fric motivait sa présence ici.

Frances referma sa mallette et se redressa. Elle se trouvait sur le faîte d'une colline qui dominait tout le camp de base. Malgré le fort scintillement de la glace, elle voyait parfaitement Keith, le stagiaire météo, debout à une bonne dizaine de mètres de *Burroughs*... et la navette qui filait droit sur la base !

— Nom de Zeus !

Sans atmosphère, ou presque, les sons ne se propageaient guère à la surface de Mars. Ce phénomène physique avait masqué l'approche du vaisseau. Sous le coup de l'émotion, Frances lâcha sa valise d'échantillons. Son laryngophone était éteint. Elle l'alluma.

— Keith, tu m'entends ? Planque-toi ! Ne reste pas planté là !

Mais l'adolescent ne bougeait pas, comme hypnotisé par le rapace de métal qui piquait sur lui.

La navette frôla le toit de la station *Burroughs*, arrachant au passage un panneau solaire et une antenne parabolique. L'appareil percuta une crête de glace dans une explosion d'éclats diamantins, rebondit, se retourna, rebondit encore. Les stabilisateurs se désolidarisèrent du corps principal. Les moteurs latéraux volèrent dans les airs en tournoyant, suivant deux directions différentes. L'engin démembré effectua encore une série de tonneaux spectaculaires, puis finit sa course par une longue glissade cahotante.

Plus rien ne bougeait.

La glaciologue dévala la colline d'une démarche sautillante due à la faible gravité.

— Keith ? Réponds-moi, Keith !

Le corps du garçon gisait sous des débris de tailles diverses. Si jamais l'un d'eux avait entaillé son scaphandre, c'était la mort assurée : la dépressurisation. Frances avait déjà assisté à ce type d'accident une fois. Ce n'était pas joli joli. Sous le brusque afflux sanguin, les yeux menaçaient de vous sortir des orbites, votre langue se gonflait, vos oreilles, vos narines se remplissaient de sang, tout comme le reste de vos muqueuses…

Elle chassa ces images de son esprit.

— Keith ! Tu vas bien ?

2

Keith se redressa légèrement sur sa couchette. Il avait la sensation d'émerger d'un long tunnel noir, et un début de migraine frappait aux portes de son crâne. Réorganiser ses idées, ses souvenirs, était la première des priorités : le ballon-sonde, à l'extérieur, puis la navette qui grossissait. Et ensuite ?

— Comment te sens-tu ?

C'était la voix de Frances Sternaghen. Il tourna la tête et aperçut son joli visage aux traits familiers : le nez rectiligne, les lèvres pleines et sensuelles, les yeux brun foncé, de la même couleur que les boucles qui cascadaient sur ses épaules. À côté se trouvait la seconde femme du groupe, Laurence Turman. Elle était plus grande et plus élancée que la glaciologue, et il émanait d'elle une certaine mélancolie. Cela venait peut-être de ses jolis yeux gris, de ses mèches blond cendré, ou alors de sa beauté un peu fripée. Keith lui donnait cinquante ans. Au minimum.

— Tu nous a foutu la trouille, dit-elle en réajustant l'oreiller derrière la tête du convalescent.

Ce dernier avait la gorge sèche. Il n'aimait pas ce qu'il lisait sur le visage des deux femmes. Bien que très différentes physiquement, elles arboraient la même expression : une vraie tête d'enterrement !

Keith avala sa salive et demanda :

— Il s'agissait bien de la navette de ravitaillement, hein ?

— Oui.

— Mais… Elle ne devait venir que dans une semaine !

Frances hocha la tête, l'air sombre.

— On ne comprend pas ce qui a pu se passer, confessa-t-elle dans un soupir. Le pilote est mort.

— Dans l'accident ?

— Non. Il avait déjà une blessure cautérisée. Sûrement un laser. Il n'y avait que lui à bord. Personne d'autre. En fait, on n'a aucun indice !

— Vous avez essayé de joindre *Bradbury Town* ?

Le voile qui recouvrait sa voix trahissait son inquiétude.

— *Bradbury Town* ne répond plus, déclara Laurence.

Un lourd silence s'installa. Keith sentait un malaise diffus le gagner. Son père et sa mère vivaient toujours dans la Citadelle, avec tous les autres colons de la planète. Presque un millier de personnes ! Et puis, il y avait une fille là-bas ; la fille qui était à l'origine de son exil volontaire et qui monopolisait toutes ses pensées. Cécilia.

— Que… Comment ça ? coassa le jeune stagiaire. Toutes leurs transmissions sont tombées en panne ? En même temps ?

— On n'en sait rien, répondit Frances. Vraiment, je ne peux pas t'en dire plus. Russel a passé la matinée à lancer des appels. Pas de réponse.

Keith soupesait mentalement ces informations. On pouvait presque entendre les rouages de son cerveau fonctionner.

— On a contacté la Terre ? risqua-t-il, après quelques instants de réflexion.

Cette fois, ce fut la responsable météo, sa supérieure directe, qui parla :

— Notre antenne extraplanétaire est éparpillée sur une centaine de mètres carrés. C'est d'ailleurs l'un de ses débris qui t'a assommé.

— Mais il y a plus grave, poursuivit sa collègue, le coin de la bouche tordu par une grimace.

Le garçon se renfonça dans son oreiller, se préparant au pire.

— Notre capteur solaire principal a morflé, lui aussi. On fonctionne actuellement sur les batteries de secours pour tout ce qui est « systèmes de survie », et le générateur auxiliaire a une autonomie de quarante-huit heures, pas plus.

— Dans deux jours, le proprio nous coupe le chauffage, annonça Laurence, entre le rire nerveux et les larmes.

La température extérieure flirtant avec les moins cent degrés Celsius, cette perspective n'avait rien de bien réjouissant. Un frisson avant-coureur remonta le long de la colonne vertébrale de Keith. Il déglutit et lança :

— Est-ce que, dans le lot, vous n'auriez pas une bonne nouvelle à m'annoncer ?

— Ben… tu es sain et sauf, grinça Frances.

Keith fit la moue. Vu ce qui les attendait, c'était une bonne nouvelle à caractère très provisoire.

Le pinceau de lumière fourrageait l'obscurité, rebondissait contre les parois de la soute. Russel avait dû se résoudre à allumer sa lampe frontale. Des paquets de neige bouchaient les hublots. On n'y voyait goutte dans cette fichue carcasse.

— Meeerde !

Le mécano venait de se prendre les pieds dans un filin entortillé sur le sol (enfin, sur le plafond, vu que la navette s'était retournée). Il commença à se désentraver en marmonnant des jurons dans le bocal de son casque.

— Nestor, viens m'aider, dit-il à la forme trapue qui fouinait parmi l'amas de caisses, un peu plus loin.

Le robot rappliqua docilement. Ses chenillettes, montées sur châssis flexible, s'adaptaient aux menus obstacles rencontrés sur son chemin. Russel avait fini par s'attacher à cette mécanique. Il ne lui manquait que la parole.

— File-moi un coup de main, tu veux bien ?

Nestor obéit sans broncher, comme à son habitude. Le barbu avait presque terminé de se libérer lorsqu'une voix explosa dans ses écouteurs :

— Qu'est-ce que vous fabriquez, Russel ?

Il pivota sur lui-même. Deux silhouettes en scaphandre émergeaient du sas arrière. Une grande et une petite.

Charles Hallahan et Wilford Brimley.

Je vais encore me faire incendier, maugréa le mécano en son for intérieur.

Brimley avait une fâcheuse tendance à se prendre pour le chef. C'était sans doute un héritage de sa jeunesse passée chez les *marines.* Il en avait gardé le goût de la discipline ainsi qu'une coupe de cheveux « réglementaire », au carré, qui ne faisait qu'accentuer les angles de son visage osseux. Il était également très porté sur la religion, et se séparait rarement de sa bible. Il avait même insisté pour qu'on prenne l'habitude de remercier le Seigneur par une rapide prière avant chaque repas pris en commun. Ce type était une énigme vivante pour le mécanicien. Comment pouvait-il concilier certaines de ses croyances avec son boulot ? La Terre créée en une semaine, ça devait être dur à avaler pour un géologue, non ? Une fois, Brimley avait déclaré quelque chose comme : « À un certain niveau de réflexion, science et théologie ne sont pas incompatibles… » Après tout, c'était son problème. Chacun trimballait son lot de contradictions. Russel détestait le froid, par exemple, et il jouait bien les dépanneurs au pôle Nord !

À côté de l'autre grand échalas, Hallahan, le climatologue, ressemblait à un nain joufflu, à un lutin du Père Noël. À soixante ans révolus, il était le doyen de la station. Spécialisé dans les systèmes de modélisation complexes, il avait pour tâche d'échafauder des scénarios de terraformation. En effet, malgré l'hostilité du milieu ambiant, les hommes ne désespéraient pas de transformer Mars en une planète où couleraient des rivières, où s'étendraient des océans à perte de vue, où l'air serait respirable… Bref, une nouvelle Terre !

Charles Hallahan travaillait en étroite collaboration avec Laurence Turman sur les programmes météo. Tout le monde l'aimait bien, car il était toujours d'humeur égale et il avait le chic pour désamorcer les situations tendues par un sourire ou par un trait d'esprit. Plus d'une fois, il était parvenu à éviter que Russel et Brimley n'en viennent aux mains. On ne pouvait pas faire plus différents que ces deux-là. Dès qu'ils se retrouvaient dans une même pièce, l'atmosphère se chargeait d'électricité.

Comme maintenant.

— Je répète ma question, aboya l'ancien militaire. Qu'est-ce que vous foutez ici au lieu d'être au local ?

— J'essaye de voir si on ne peut pas récupérer deux ou trois trucs dans tout ce bazar, expliqua Russel. La radio est en mode automatique. Je l'ai programmée pour lancer un appel en boucle. Si *Bradbury* répond, mon bipeur me préviendra.

— Mon cher Kurdy, commença Hallahan avec son tact habituel, vous avez bien conservé un enregistrement de votre dialogue avec le vaisseau, comme le veut la procédure ?

— Ouais. Mais ça ne vous apprendra pas grand-chose. Le pilote délirait. Il a dit quelque chose comme : « Ils sont devenus fous… » Ah, il a parlé de l'air, également.

— L'air ?

— Malheureusement, cette partie du message est complètement brouillée.

Le climatologue s'accorda le temps de la réflexion avant de reprendre :

— Avez-vous essayé d'utiliser la radio de la cabine de pilotage ?

— Affirmatif. Elle est aussi morte que le pilote.

Silence macabre.

— Retournons dans *Burroughs*, trancha Hallahan. Le moment est venu de confronter nos idées, tous ensemble.

3

Les hommes et les femmes de *Burroughs* s'étaient retrouvés dans la salle où ils avaient l'habitude de prendre leurs repas. C'était une pièce circulaire, comme la table qui trônait en son centre, un endroit propre et clair, à défaut d'être chaleureux.

Après trente minutes de discussions et presque autant de cafés avalés, deux clans commençaient à se dégager nettement : les partisans de l'action et ceux du *wait and see**.

Russel, Hallahan et Frances Sternaghen pensaient qu'il fallait bouger, prendre l'initiative. La station possédait son propre véhicule tout-terrain, une sorte de camion blindé muni de quatre puissantes roues motrices, qui tractait un vrai petit laboratoire ambulant. L'équipe de *Burroughs* avait fait le voyage d'aller en navette, moyen de locomotion bien plus rapide et confortable. Le 4 x 4 tiendrait-il le coup jusqu'à *Bradbury* ? C'était la grande question. Alimenté en énergie par deux panneaux solaires, le tout-terrain n'avait pas besoin de carburant. Brimley et Laurence Turman n'étaient pas très chauds pour cette « balade ». Ils préféraient compter sur d'hypothétiques secours. Keith, quant à lui, restait à l'écart,

* *Wait and see* : attendre et voir.

réservé. Il y avait du pour et du contre dans chacune de ces options et, de toute façon, il n'osait pas trop prendre parti.

— Nous sommes six, dit l'ex-marine, jamais à court d'arguments. Et il n'y a que quatre couchettes dans le labo !

— Il y a deux sièges à l'avant, répliqua Russel, trop heureux de moucher son éternel contradicteur. On fera une tournante.

— Ce n'est pas le seul problème, soupira la météorologue.

Elle ramena une mèche de cheveux blonds en arrière et continua :

— Nous allons devoir descendre plus de dix degrés de latitude. Cela fait une sacrée trotte ! Des centaines de kilomètres ! Et le 4 x 4 n'est pas exactement un bolide. Si on fait du vingt-cinq kilomètres à l'heure de moyenne, on pourra s'estimer heureux.

Charles Hallahan s'éclaircit la voix et dit :

— J'ai calculé que nous pourrions rallier *Bradbury* en cinq jours. On roulerait la nuit et une partie de la matinée. On rechargerait les accus durant l'après-midi. C'est jouable.

Keith essaya de reconstituer le trajet mentalement. La station *Burroughs* se trouvait à l'embouchure de Chasma Borealis, la plus grande vallée glaciaire du pôle Nord. Plus au sud, il y avait un terrain laminé qui, l'hiver, se recouvrait d'une jupe givrée de gaz carbonique. Venaient ensuite les dunes boréales puis, enfin seulement, la plaine volcanique circumpolaire de Vastitas Borealis et le site de *Bradbury Town*. Le cœur du garçon se garrotta. Dès qu'il pensait à la cité silencieuse, l'image d'une belle jeune fille s'imprimait dans son esprit.

Nestor resservit une tournée de café.

— Comment fera-t-on pour la nourriture ? questionna le stagiaire, candide.

— On prendra de la bouffe déshydratée, avança Russel.

Cela ne tient pas de place. Et nous avons de quoi manger pour une bonne semaine, donc de la marge.

Il alluma un cigarillo et, aussitôt, Wilford Brimley lui jeta un de ses « regards qui tuent ». Ce dernier bouillait d'envie de faire une remarque, cela se voyait comme le nez au milieu de la figure. Néanmoins, il se retint. Hallahan, le climatologue, fumait bien la pipe depuis le début de la réunion et personne n'avait bronché.

Laurence Turman demanda :

— Et l'air ? Et l'eau ?

— Le véhicule a son propre système OGS*, répondit Frances. Quant à l'eau… Avec toute la glace qui nous entourera durant la première partie du voyage, on n'en manquera pas. Une fois filtrée et épurée, elle sera tout à fait propre à la consommation. Notre patrouilleur est équipé d'une petite distillerie portative. On stockera. Là aussi, on peut tenir une semaine.

Russel dévisageait la glaciologue à travers les volutes de son cigare modèle réduit. Il était agréablement surpris de son soutien. Jusqu'ici, elle n'avait manifesté qu'une royale indifférence à son égard. Il déplorait cet état de fait car il la trouvait séduisante, même si elle ne cherchait pas à se mettre particulièrement en valeur sur le plan physique.

— Je persiste à croire qu'on s'affole pour pas grand-chose, grogna Brimley. Ils vont finir par nous contacter. Gardons la tête froide et ne sombrons pas dans l'hystérie, de grâce. Nous sommes sans doute face à une panne de grande échelle, une perturbation due aux taches solaires, que sais-je encore…

— Ce n'est pas une panne, riposta l'opérateur radio. Ils reçoivent mes signaux… mais ils ne répondent pas ! Idem pour

---

* OGS : *Oxygene Generator Subsystem.*

le Web quantique. On dirait qu'ils font la sourde oreille. Et puis, il y a le crash de la navette ! Vous l'expliquez comment ?

— Je ne sais pas, moi. Le type aux commandes était peut-être cinglé. Il ne serait pas le premier à péter un fusible après plusieurs mois passés sur Mars.

En disant cela, il regardait Russel avec insistance. Le sous-entendu était à peine voilé.

— J'ai plutôt l'impression qu'il cherchait à nous prévenir d'un grave danger, lâcha celui-ci en écrasant rageusement son cigare à peine entamé.

En fait, il l'avait allumé pour provoquer « Mister Règlement ». Comme l'autre n'avait pas mordu à l'hameçon, cette petite comédie ne l'amusait plus guère.

— Si jamais c'est le cas, ce dont je doute, vous comptez partir au-devant de ce danger sans même avoir plus d'informations ? contre-attaqua Brimley.

— Tout ce que vous voulez du moment qu'on ne reste pas ici, les bras croisés, à attendre d'être transformés en bonhommes de neige !

Le rigide géologue secoua la tête, agacé. Laurence Turman en profita pour s'immiscer dans leur joute verbale. Elle demanda au mécano :

— Et si vous adaptiez les panneaux solaires du 4 x 4 sur le toit de la station ?

Russel fit la moue.

— Ca ne marchera pas. Il me faut au bas mot trois jours pour effectuer tous les ajustements. Et les besoins de la base ne sont pas ceux du patrouilleur. On aurait peut-être de quoi se chauffer, mais plus de système de recyclage, plus de lumière, etc.

— Alors on se replie dans le tout-terrain, on ne bouge pas et on attend les secours.

— Risqué, comme pari. Si au bout d'une semaine nous n'avons pas reçu de ravitaillement, on est mal. Et là, il sera trop tard pour se décider à bouger.

Cette dernière phrase sonnait comme une sentence. Elle plongea tout le monde dans un gouffre de réflexion. Les yeux de Nestor allaient d'un humain à l'autre. Son intelligence limitée ne lui permettait pas de comprendre tous les enjeux de la réunion. Il était programmé pour enregistrer des ordres brefs, pratiques, fonctionnels. Sans grand succès, il essayait d'interpréter le silence de ses maîtres. Étaient-ils en colère contre lui ? Voulaient-ils encore du café ?

— Je propose que nous votions, trancha Charles Hallahan en tapotant sa pipe sur le rebord du cendrier. Qui est pour l'expédition ?

Il avait levé son bras tout en parlant. Russel et Frances l'imitèrent.

— Qui est pour l'attente ?

Brimley leva la main, solennel, comme s'il allait prêter serment sur la Bible. La responsable météo fit de même. Cinq paires d'yeux convergèrent sur le jeune stagiaire. Il hésitait et sentait peser sur lui tous les regards, toutes les craintes, tous les espoirs. S'il se rangeait dans le clan des « passifs », cela porterait le score à trois partout. Une situation délicate. Il toussa et dit, mal à l'aise :

— Je crois… qu'on ferait mieux de partir.

Il voulait savoir ce qui était arrivé à ses parents. Et à Cécilia. L'angoisse lui grignotait le cerveau.

— Très bien, dit le doyen du groupe. Nous allons nous préparer au départ. (Il regarda sa montre et reprit.) La journée est déjà bien avancée. Je suggère que nous attendions demain pour lever le camp.

Les cinq hommes et femmes acquiescèrent. Il leur fallait un

peu de temps pour fermer la boutique, et cela laissait un léger sursis à ceux qui souhaitaient attendre une éventuelle réponse de la Citadelle.

Hallahan frappa dans ses mains :

— Allez, les enfants, au boulot !

4

On « enterra » le pilote décédé sur l'éminence depuis laquelle Frances Sternaghen avait assisté à l'accident. Keith et Wilford Brimley se chargèrent de la sinistre besogne. Les autres étaient trop occupés. Le géologue tenait absolument à dire une prière sur la tombe du pauvre homme. Pendant que Brimley se recueillait, l'adolescent terminait de creuser un trou de deux mètres sur un dans la glace d'eau. Cette couche-là ne fondait jamais, contrairement à celle située au-dessus, une couche de dioxyde de carbone solidifié. Keith utilisait une foreuse robotisée, qui facilitait grandement sa tâche.

Dans mille ou deux mille ans, des archéologues retrouveront peut-être ce corps parfaitement conservé, songea-t-il avec une certaine ironie. *Ce type deviendra un trésor inestimable pour la science...*

Le ciel crépusculaire baignait dans des tons mauves. Le soleil rasait l'horizon et paraissait beaucoup plus petit que sur Terre. Cela tenait à son éloignement, plus important, mais aussi à la faible densité de l'atmosphère martienne, qui limitait l'effet « loupe ».

— Joins-toi à moi, petit, dit l'ancien militaire en refermant sa bible. Remercions ensemble le Seigneur.

— Je ne vois vraiment pas pourquoi on devrait le remercier, rétorqua sèchement le garçon.

— Pour le temps et le lieu.

— C'est-à-dire ?

— Le temps pour vivre, le lieu pour mourir. C'est tout ce que l'on obtient ici-bas. Rien de plus, rien de moins.

Keith, amer, déglutit :

— Génial...

Le choix était déchirant, cornélien. Russel se mordait la lèvre inférieure, bien ennuyé.

Ses DVD préférés étaient éparpillés sur le lit, dans sa cabine, un cube où il y avait tout juste assez de place pour s'allonger et s'asseoir. Un écran vidéo se dessinait, incrusté dans une des parois. Le reste des murs disparaissait sous des posters. On y trouvait des images de l'espace, des planètes du système solaire. Mars n'était représentée que par un seul cliché : la fameuse vallée de Cydonia, prise en photo par la sonde *Viking* en 1976. Le relief martien dessinait une tête humaine au milieu des cratères et des collines. Un nez, une bouche, deux trous sombres pour les yeux. Ce visage avait une raideur solennelle que n'aurait pas reniée le Sphinx de Gizeh... L'effet était saisissant*.

Une autre sonde, *Global Surveyor*, avait photographié en 1998 ce site étrange sous un angle différent. Le visage s'était alors volatilisé, confirmant la thèse de « l'effet d'optique » avancée par les chercheurs de la NASA. En attendant, il se dégageait du cliché de *Viking* une beauté figée, une poésie glacée qui vous donnait froid dans le dos. Coïncidence : *Bradbury Town* avait été érigée non loin de Cydonia.

* NdE : la photo est visible sur le site www.nirgal.net (cliquer sur « Zoom sur le visage de Mars »).

Une autre photo était particulièrement mise en valeur dans la chambre, car encadrée et placée juste au-dessus de la table de nuit. Elle représentait un petit navire solaire, à la ligne efflanquée, équipé de voiles Warshowski. L'esquif spatial voguait devant les anneaux de Saturne. Une image magnifique.

Pour l'heure, toute l'attention du mécano était focalisée sur ses DVD. Il y en avait une bonne quarantaine. Même s'ils étaient peu volumineux, Russel ne pouvait les emporter tous. Il le savait, et cela lui brisait le cœur à l'avance. Fallait-il se priver des riffs survitaminés de *IG-88 and the Assassins Droïds* ? Ou bien des envolées lyriques de *Deeply Religious* ? Ou encore des solos du guitariste de *Red Shift Limit* ?

Il entendit une bordée d'insultes lancée depuis le local adjacent. Les pièces de *Burroughs* étaient insonorisées, en théorie. Cette précaution visait à ce que chacun préserve, toujours en théorie, un minimum d'intimité. Dans la pratique…

Russel pointa le museau hors de sa chambre (sa « porcherie », comme l'appelait Brimley). Il avait reconnu la voix de Frances Sternaghen, et cela l'intriguait. Ce n'était pas dans les habitudes de la jeune femme de jurer comme un charretier. Positionnée de trois quarts dos, elle s'escrimait sur un clapet rétif.

— Qu'est-ce que vous faites ? s'enquit le barbu.

Elle eut un infime sursaut car elle ne l'avait pas entendu s'approcher.

— Je fais votre boulot, grogna-t-elle en jetant un bref regard par-dessus son épaule. C'est la clim'… On suffoque dans cette boîte de conserve. Autant économiser nos dernières réserves d'énergie.

— Bien vu. Vous auriez dû me demander. Ou demander à Nestor.

— Je peux me débrouiller, dit-elle sur un ton toujours aussi sec.

— Hum, ça vous ennuie tellement de vous faire des amis dans ce trou à rats ? Vous en avez en trop ?

— La question n'est pas là. Je peux m'en sortir toute seule.

Mais le clapet refusait de bouger, ne serait-ce que d'un centimètre.

— Il est bloqué, dit gentiment Russel. Attendez…

Il avait des mains grandes et fortes, avec des cals au bout des doigts. De vrais battoirs ! Il donna un coup sec, la mâchoire crispée, et le bout de métal se décoinça en grinçant.

— C'est un boulot de mâle, lâcha-t-il, un sourire triomphal sur les lèvres.

— Vous n'arrêtez jamais votre numéro, hein ? demanda-t-elle sans lui rendre son sourire.

— Comment ça ?

— Votre numéro de macho à la gomme.

Il resta coi. Il ne savait pas par quel bout prendre cette fille. Elle l'impressionnait, avec ses airs hautains.

— Vous savez… « je suis venu en paix », fit-il en imitant l'extraterrestre dans ce film de SF de l'époque préspatiale, *Le jour où la Terre s'arrêta.* Pas la peine de monter sur vos grands chevaux, mam'zelle…

Visiblement, elle ne connaissait pas le film, car elle le regardait, circonspecte, comme si elle observait un de ses glaçons sous le microscope.

— Vous ne changerez jamais, Russel, je le crains, dit-elle en exhalant un soupir. Et moi, je ne changerai pas non plus…

Elle tourna les talons. Le mécano la regarda disparaître au coin de l'étroite coursive. Il haussa les épaules.

— Pffff, tout le monde change un jour ou l'autre.

Le repas du soir fut pris dans une ambiance morose. Les six hommes et femmes formaient un cercle autour de la table en plastec blanc crème. On eut dit une veillée funèbre : personne ne parlait, ou presque. Les échanges se limitaient à « Je peux avoir le sel ? » ou bien « Qui veut encore du ragoût ? ». Mais l'appétit n'était guère au rendez-vous. Les humains paraissaient perdus dans leurs pensées. Nestor lui-même faisait grise mine.

Ensuite, chacun se réfugia dans son cocon de solitude, sa bulle protectrice, pour la dernière nuit passée dans la station.

Russel faisait le tri dans son fourbi. Brimley priait. Hallahan étudiait une carte du pôle. Keith regardait la photo d'une belle jeune fille brune aux yeux bleus, au sourire éclatant. Laurence Turman se penchait sur ses derniers relevés météorologiques, histoire de s'occuper l'esprit.

Frances, elle, jouait machinalement avec un tube de somnifères.

La tentation était grande. Finalement, elle reposa le tube sans l'avoir ouvert. Elle essayait de songer à autre chose qu'au « mystère *Bradbury* ». Pas facile. Elle avait des amis là-bas, comme tous les membres de *Burroughs*. Enfin, le mot « ami » était peut-être un peu fort, mais elle avait bien sympathisé avec quatre ou cinq personnes, des scientifiques pour la plupart.

Insidieusement, ses pensées dérivèrent du côté de Russel.

Elle avait le chic pour attirer ce genre de types. Elle était jolie, sans être cependant un top model. Les dragueurs de bas étage pouvaient se dire : « Avec celle-là, il y a peut-être une chance. » Cette attitude l'horripilait au plus haut point. Elle avait passé sa vie à s'efforcer d'être la meilleure, à l'école d'abord, puis dans son travail, pour montrer à tous les Russel du monde qu'elle était autre chose que la conjonction d'un faciès harmonieux et de courbes agréables. Si on essayait de lui faire la cour de prime abord, sans la connaître, on se disqualifiait d'office. Il fallait les voir arriver, tous ces mecs avec leurs gros sabots. Des éléphants dans un magasin de porcelaine. Ils étaient si prévisibles ! Leur bouche disait « Oh, vraiment, tu t'intéresses à ci, tu t'intéresses à ça ? » mais leurs yeux criaient « Je te veux ! Je te veux ! ».

En se dirigeant dans une carrière scientifique, elle avait espéré rencontrer des garçons plus « évolués ». Cruelle erreur. On pouvait classer les chercheurs en deux grandes catégories : les égocentriques, encore baignés du sentiment de toute-puissance narcissique infantile, et les paranos. Sur le plan sentimental, tous faisaient preuve d'une immaturité et d'une insécurité flagrantes. Elle était sortie avec deux ou trois spécimens et, à chaque fois, il avait fallu les materner comme des gamins à peine sevrés !

Elle se demandait si, à la limite, les primates façon Russel n'étaient pas préférables à ces petits génies empêtrés dans leurs problèmes d'ados…

Et c'est sur cette pensée qu'elle s'endormit.

Elle marchait dans le désert, en vue de la Citadelle, sans scaphandre ni respirateur.

Elle était nue.

Le ciel, au-dessus de sa tête, était badigeonné de couleurs criardes, psychédéliques, encore plus étranges que d'habitude. Le dôme de la cité avait disparu.

Elle pénétra dans une ville fantôme où rien ne bougeait. Les rues étaient vides. Mortes. Remontant l'avenue Kim-Stanley-Robinson, elle déboucha sur la place centrale. Là, une vision incroyable la figea d'horreur : des dizaines d'hommes et de femmes immobiles, transformés en pierre. Des statues !

Elle se réveilla en sursaut et happa l'air à grandes goulées, comme un nageur crevant la surface après une trop longue apnée. Son cauchemar lui collait au cerveau, mélasse noire semblable à du goudron fondu. Elle posa un talon sur le sol froid de sa chambre, et ce contact, bien que peu agréable, eut le mérite de la ramener à la réalité.

Elle avait la gorge sèche et piquante.

Un verre d'eau…

Elle se leva, direction la kitchenette. Chemin faisant, elle passa devant la miniserre, au cœur de la station. Ce potager avait une fonction plus psychologique que pratique, car il n'était pas de taille à subvenir aux besoins de six personnes. Certes, les plantes recyclaient l'air (du moins, une partie de l'air) et les légumes frais amélioraient l'ordinaire, mais l'impact le plus important s'exerçait bel et bien sur le moral du personnel. Le spectacle d'un plant de tomates en train de fleurir avait quelque chose d'apaisant, de rassérénant. Sans parler des herbes parfaitement illicites que Russel s'obstinait à cultiver en cachette, malgré les injonctions de Wilford Brimley !

Frances s'arrêta, car elle venait d'entendre des sanglots étouffés qui provenaient du jardin miniature.

— Il y a quelqu'un ?

C'était Laurence Turman, les yeux rougis par les larmes.

— Laurence ? Ça ne va pas ?

La météorologue tomba dans les bras de sa camarade.

— J'ai peur, articula-t-elle simplement.

— Moi aussi, acquiesça Frances. Moi aussi…

Et elle la berça, comme un petit enfant.

Le lendemain matin, chacun se préparait au départ.

Ils avaient prévu de rouler vingt-quatre heures d'affilée pour la première étape, en se relayant au volant. Il fallait profiter du fait que les batteries étaient chargées à bloc.

Pendant que Keith et les deux femmes entassaient des fournitures dans le patrouilleur, Russel vérifiait une dernière fois la mécanique. Nul n'avait envie de se retrouver en rade au milieu de nulle part, avec un essieu à changer.

Brimley et Hallahan se livraient à un inventaire détaillé, une *check-list* digne d'un pilote de long-courriers spatiaux :

— Réservoirs hydrogène et oxygène ?

— OK.

— Sas étanche ?

— OK.

— Panneau de sortie ?

— OK.

— Pressurisation ?

— OK.

— Pompe à eau et recyclage des déchets ?

— OK.

— Capteur de neutrons et de rayons gamma ?

— OK.

— Climatisation ?

— OK.

Brimley allait poser une nouvelle question lorsqu'il s'interrompit. Il venait d'apercevoir Nestor, en arrêt, quatre ou cinq mètres plus loin.

— Qu'est-ce qu'il veut, celui-là ?

Peut-être n'était-ce qu'un jeu de lumière, un effet d'optique qui déformait la singulière physionomie du robot, mais le géologue aurait juré que ce bon vieux Nestor les fixait avec un regard de chien battu !

— Je lui ai dit de venir avec nous, fit une voix derrière les deux hommes.

Russel, évidemment.

— Pas question, protesta l'ancien militaire. On est déjà serrés comme des sardines dans votre « camping-car de luxe » !

Alors, si en plus on prend ce tas de boulons avec nous…

— Ce tas de boulons, comme vous dites, pourrait bien nous être utile avant la fin du voyage. Il a une force herculéenne. Si on s'ensable, vous serez bien content de l'avoir sous la main, je vous le garantis…

Brimley toisa le robot durant quelques instants, puis se tourna vers le spécialiste en modélisation, la seule personne dont il écoutait les avis.

— Vous en pensez quoi, Hallahan ?

Le sexagénaire opina.

— Russel n'a pas tort. Prenons-le avec nous.

Il en fut donc décidé ainsi.

5

Ils roulèrent toute la journée, sans s'arrêter.

Le 4 x 4 traversait des paysages résolument extraterrestres. Les parois de Chasma Borealis s'étageaient en terrasses multicolores, entrecoupées de pentes à quarante-cinq degrés. La couleur dominante était le rose, surtout au creux de la vallée, riche en dépôts. Le ciel saumon s'harmonisait parfaitement avec le sol. Malgré l'angoisse qui les habitait, les occupants du camion ne pouvaient que s'émerveiller devant ces sculptures naturelles, jamais monotones. Frances et Brimley prenaient des notes sur leur data-bloc personnel. La jeune femme avait les yeux d'une petite fille gourmande lorgnant sur la devanture d'une pâtisserie. Keith, qui s'était muni d'une minicaméra, filmait sans arrêt.

— Profite bien du spectacle, dit Russel au bout d'un moment, parce que tu l'enregistres pour la postérité !

— Hein ? fit le garçon, étonné.

— Eh oui, p'tit gars, confirma Russel, l'air dégoûté. Avec le programme de terraformation, tous ces paysages vont disparaître les uns après les autres dès que la glace aura commencé à fondre.

En effet, les colons voulaient réchauffer la planète, à long terme, pour densifier son atmosphère et recréer le cycle de l'eau.

— Et alors ? intervint Frances. C'est un projet plutôt noble, vous ne trouvez pas ? Redonner vie à une planète morte !

— M'ouais, ronchonna le mécano. Si vous voulez mon avis, rien n'est jamais dû au hasard, dans l'univers. Mars était bien tranquille, dans son coin, avec ses lois à elle, et nous arrivons, nous les gros lourdauds de Terriens, gonflés d'orgueil technologique et prêts à tout chambouler selon notre bon plaisir.

— Nous essayons simplement de mettre l'univers à notre portée.

— Eh bien, on a tort ! C'est à nous de nous adapter, et sans forcer les choses. Comme dans les arts martiaux, on se sert de la puissance de l'autre, on n'attaque pas comme une brute. Cette histoire de terraformation, c'est du viol !

— Hum, vous y allez un peu fort. Avec des gens frileux comme vous, Christophe Colomb n'aurait jamais découvert l'Amérique !

— Ouais, ben les Amérindiens ne s'en porteraient pas plus mal.

Cette réplique bien sentie mit un terme au débat et, au fond d'elle-même, Frances dut reconnaître que Russel avait marqué un point.

En fin d'après-midi, le ciel parut devenir plus jaune et plus dense, très, très loin vers le sud.

— Une tornade de poussière, commenta Laurence sans grande émotion.

— Cela vient de la cité ? s'enquit Frances.

La météorologue secoua la tête :

— Non, non, de bien plus au sud. Les Lowlands, ou peut-être bien Acidalia Planitia.

Ce phénomène n'avait rien d'exceptionnel. Les tornades prenaient naissance dans les régions chaudes (celles qui avoisinaient zéro degré Celsius !), à des fréquences variables selon les saisons, et pouvaient atteindre plusieurs kilomètres de hauteur.

L'horizon devint marron, violet, puis noir, lorsque les étoiles commencèrent à apparaître dans le ciel.

Russel aimait bien conduire la nuit. Keith lui tenait compagnie. Une musique tonitruante emplissait le cockpit. Un chanteur hurlait :

Take me down to the paradise city
Where the grass is green and the girls are pretty !

Russel reprenait les paroles en chœur et battait la mesure en tapant du plat de la main sur ses cuisses. Dieu merci, un sas blindé protégeait de cette avalanche de décibels ceux qui dormaient derrière.

Après quelques morceaux bien excités, le lecteur passa à de la *dream,* plus planante.

Keith profita de cette accalmie pour demander :

— M'sieur Russel, je peux vous poser une question ?

— Ouaip.

— Pourquoi vous êtes venu ici ? Je veux dire, sur Mars…

Le conducteur sourit et fouilla un bref instant dans la poche intérieure de sa veste.

— Pour cette petite merveille.

Il exhiba fièrement la photo de son voilier solaire, qu'il avait soigneusement pliée en deux par le milieu.

— Modèle Azuris, voiles Warshowski, synthonisateur, propulsion photonique et tout le tintouin.

— Joli, acquiesça l'adolescent. Et vous irez où avec ce joujou ?

— Où ? Ben, là où les vents de l'espace me pousseront. Ganymède ? Io ? Pluton ? La ceinture d'astéroïdes ? En fait, ça n'a pas vraiment d'importance. Ce qui compte, c'est d'être libre, tu comprends ?

— Je crois.

— Dès que j'aurai amassé assez de fric ici, je tire ma révérence. Salut la compagnie !

Keith hocha la tête d'un air entendu. Le mécano rangea sa photo. La piste de glace défilait devant eux, illuminée par les phares. Au bout d'une minute, ce fut au tour de Russel de questionner :

— Et toi, pourquoi t'es venu à *Burroughs*, p'tit gars ? Tu n'étais pas bien à la Citadelle ? T'as pas réussi à te dégoter un stage plus folichon ?

— Je... je voulais voir le pôle Nord... Et réfléchir à certaines choses, ajouta-t-il après une hésitation.

Le conducteur sonda son jeune voisin du regard. Il faisait une drôle tête. Exactement la tête que l'on a lorsque, à seize ans, on patauge en pleine bouillabaisse amoureuse.

— Elle t'a plaqué ? risqua Russel avec un petit coup d'œil en biais.

— Pour se faire plaquer par une nana, faut déjà sortir avec elle, grommela l'ado.

— Tu n'as peut-être pas envie d'en parler ?

— Pas trop, non.

Il n'arrêtait pas d'y penser, c'était suffisant. Et ça faisait mal. Bon Dieu ce que ça faisait mal.

Cécilia était dans la même classe que lui depuis deux ans. Elle le fascinait. Pas seulement parce qu'elle avait un visage sain et lumineux... Il se dégageait d'elle un autre truc, indéfinissable, un mélange de dynamisme et d'assurance. Elle semblait à l'aise partout, quel que fût le groupe avec lequel elle conversait. Les studieux l'aimaient bien parce que c'était une bûcheuse. Les glandeurs l'aimaient aussi parce qu'elle ne les snobait pas et ne cherchait pas à les juger. Quant aux sportifs, ils l'appréciaient parce qu'elle était capitaine de l'équipe féminine de zéro G-basket. Elle avait de l'aplomb et un vrai sens de la répartie, chose que Keith admirait par-dessus tout. Lui, il trouvait toujours les bonnes répliques une heure trop tard. Il ressassait des bribes de discussion sans fin, spéculant sur la tournure qu'aurait pu prendre tel ou tel dialogue s'il avait répondu du tac au tac.

Comment avait-il pu imaginer qu'il avait une chance avec une fille pareille, lui qui se considérait comme quelqu'un de très moyen (la taille mise à part) ? Peut-être parce qu'ils se complétaient pas mal, après tout : il était grand, gentil et introverti, et elle, eh bien, elle possédait une intelligence aiguë et de l'agressivité, le « mordant » qui lui faisait défaut.

En fait, tout était de la faute à J. R. R. Tolkien, aussi bizarre que cela puisse paraître.

Cette malheureuse histoire avait débuté six mois plus tôt, entre deux cours. Keith relisait *Le Seigneur des anneaux* pour la cinquième fois, assis dans un couloir du bahut, lorsqu'il avait eu la surprise de voir une paire de longues jambes se planter à côté de lui.

C'était Cécilia.

— Tu as lu *Le Silmarillion* ? avait-elle questionné.

— Oui, bien sûr.

Et la conversation s'était poursuivie deux heures durant, tant et si bien qu'ils avaient raté le cours de l'après-midi.

La jeune fille vénérait Tolkien, connaissait toute son œuvre par cœur et, comme Keith, elle adorait les écrivains de SF et de *fantasy* période vingtième siècle : Zelazny, Dick, Herbert, Clarke… Les « Grands Anciens » !

Keith était impressionné. Et surtout ravi. Il avait trouvé une ouverture, une faille dans laquelle se glisser.

Ainsi, de fil en aiguille, sans devenir vraiment des amis intimes (Cécilia était déjà très, très sollicitée), ils discutaient de temps en temps, s'échangeaient des bouquins. Une période bénie des dieux !

Keith avait alors élaboré ce qu'il appelait la « stratégie du chewing-gum ». Cette stratégie demandait beaucoup d'énergie, ainsi qu'un certain savoir-faire, pour conserver son caractère d'indispensable discrétion.

En classe, par exemple, Keith s'arrangeait toujours pour être derrière Cécilia. Pas trop près, mais pas trop loin non plus. Au moins, si le cours était barbant, il pouvait la regarder, se perdre dans de délicieux moments de rêverie. À la cantine, il faisait de savants calculs pour avoir sa bien-aimée dans son champ de vision. Au moins, si la nourriture n'était pas terrible…

Plus audacieux encore : il lui arrivait de déjeuner à la table de Cécilia. Mais ça, il n'aimait pas trop, car elle était toujours accompagnée d'une bande de filles moyennement sympathiques.

Bref, il s'agissait de lui coller aux baskets, de rester là, dans les parages, disponible, prêt à engager la conversation sur tout ou n'importe quoi (un prof, un film, un livre…).

Keith était devenu assez fort à ce petit jeu-là.

Apparemment, Cécilia l'aimait bien. Elle ne l'envoyait jamais promener, elle l'écoutait vraiment, et riait même parfois quand il tentait de faire de l'humour. Il avait marqué quelques points. Mais était-ce suffisant ?

Un jour, n'y tenant plus, il était descendu au même arrêt de *bus speeder* qu'elle. Il voulait lui parler. Tout son être débordait de tellement de choses. Il fallait que ça sorte. Ils s'étaient retrouvés seuls tous les deux sur le trottoir roulant, lui avec son visage congestionné, ses yeux de cocker, et elle toujours aussi rayonnante. L'horreur.

— Qu'est-ce qu'il y a ? avait-elle demandé.

— Je voulais juste te dire… que je suis amoureux de toi.

Voilà, c'était lâché. Il se sentait comme un mouton résigné, prêt pour l'abattoir. Une poignée de secondes s'étaient écoulées. Interminables. Puis elle avait prononcé cet enchaînement de mots dont il se souviendrait toute sa vie :

— Tu as du courage. Mais ça ne va pas être possible, avait-elle ajouté en secouant la tête. Je n'éprouve pas la même chose pour toi. Désolée.

Elle l'avait embrassé sur la joue, et elle était partie sans se retourner. Il l'avait regardée s'éloigner pendant que ses entrailles se métamorphosaient en bloc de ciment. Le sol avait commencé à se lézarder sous ses pieds. Une faille l'avait avalé, écrabouillé, broyé en mille morceaux… Enfin, du moins, c'était l'impression qu'il avait eue.

Comment se prendre une veste en une leçon !

Au moins, elle trouvait qu'il avait du courage. Super !

Les semaines suivantes s'étaient étirées mollement, comme de la guimauve chauffée au-dessus d'un feu. Terminée la « stratégie du chewing-gum ». Keith essayait d'éviter Cécilia autant que possible, mais *Bradbury* n'était pas une grande ville. Comme par hasard, il la croisait à chaque coin de rue, à chaque fiesta en dehors des cours. Ils se faisaient la bise, gênés, échangeaient des banalités, puis prenaient leurs distances aussi vite que possible. Et puis, il y avait cette bande de filles qui accompagnaient toujours Cécilia. Elles gloussaient comme des dindons à chaque fois que Keith se montrait. Peut-être qu'il sombrait dans la paranoïa. Difficile de trancher. En tout cas, c'était l'enfer.

Un stage. Le pôle Nord. Mettre un maximum de distance entre elle et lui. Il avait sauté sur l'occasion.

La blessure se cicatrisait. Mais très lentement.

Et maintenant, il y avait cette histoire de « silence radio », ces événements étranges…

Keith se tourna vers le mécano :

— M'sieur Russel, vous avez une idée de ce qui a pu se passer à la Citadelle ?

Prenant un air sombre, le conducteur répondit sans quitter des yeux l'obscurité glacée :

— Pas la moindre, petit.

Un millier d'âmes les attendaient, là-bas, très loin vers le sud, quelque part au-delà des ténèbres… si toutefois un drame terrible ne s'était pas produit.

6

Le lendemain matin, ils firent une halte.

Frances en profita pour aller découper quelques blocs de glace avec sa foreuse portative. Rien à voir avec ses recherches. Elle était juste chargée de gérer les réserves d'eau.

Lorsqu'elle retourna dans le camion, et après avoir enlevé son scaphandre, elle trouva une certaine animation dans le bloc labo.

— Je dois absolument aller jeter un œil ! répétait Wilford Brimley.

— On n'a pas que ça à faire, rétorquait Russel.

— Ce ne sera pas long. Juste le temps d'enfiler mon scaphandre et de faire un prélèvement.

— Qu'est-ce qui se passe ? questionna Frances.

Le géologue pointa du doigt le détecteur de métal intégré à une console massive.

— J'ai repéré un astéroïde ! Un gros morceau, à deux cents mètres, juste derrière ce surplomb ! Et sa composition ne ressemble à rien de connu.

Il indiqua un diagramme affiché sous le détecteur.

— Il faut absolument que j'en ramène un échantillon pour établir sa carte d'identité atomique !

— On n'a pas le temps, grogna le mécano. Un point, c'est tout.

Mais le géologue était surexcité. Il serait difficile de lui faire entendre raison. Les trois autres chercheurs comprenaient sa réaction. Ils ne pouvaient que se reconnaître dans cette ferveur scientifique.

— Vous en aurez pour combien de temps ? soupira Laurence Turman.

— Un quart d'heure, pas plus.

— Il faut déjà dix minutes pour mettre la combinaison, ronchonna Russel.

— Alors une trentaine de minutes. Je fais juste l'aller-retour.

— Faites attention, conseilla Frances. Il peut y avoir des crevasses.

— Je serai prudent. Tout va bien se passer.

Il s'engageait déjà dans le sas, un sourire extatique sur les lèvres. Russel eut un geste dépité, l'air de dire « comme vous voudrez, je vous aurai prévenu », et il partit bouder dans son coin.

Chaque équipement de sortie était muni d'une petite caméra placée juste sous la lampe frontale. Grâce à elle, les occupants du camion pouvaient partager la vision de Wilford Brimley.

— Ah, j'aperçois l'objectif, fit la voix de celui-ci dans les haut-parleurs.

Il marchait depuis cinq minutes et, jusqu'ici, les spectateurs agglutinés dans le cockpit n'avaient pas vu grand-chose : des parasites et beaucoup de blanc (l'écran de contrôle était noir et blanc). Une bosse sombre commençait à se dessiner, de plus en plus nettement. On eût dit le dos d'un cétacé émergeant de la banquise. Néanmoins, il était difficile d'appréhender sa taille exacte.

— Il fait combien de diamètre ? s'enquit le jeune stagiaire.

— Pas loin de quatre mètres, évalua Brimley de sa voix crachotante. Il doit faire plus de dix tonnes, largement.

L'image se précisait. À présent, la météorite ressemblait à une pomme de terre noirâtre. Une très grosse.

Russel était assis à l'écart, les bras croisés. Il grogna :

— Perdre son temps avec des cailloux…

Personne ne paraissait se soucier de son opinion.

— Comment est la glace ? questionna Frances.

— Impure… crrrrrr… Mais ça tient le coup.

Le géologue arrivait à portée de main du rocher. Une surface gris foncé, tavelée, envahit tout l'écran. Brimley essayait d'en détacher un morceau avec une sorte de piolet.

— crrrr… Je commence la récolte… Aaaaahhh !

L'univers tout entier venait de basculer, sans transition. Cela dura quelques secondes, puis l'image se stabilisa de nouveau. Une main gantée en gros plan. Floue. L'autofocus de la caméra avait dû en prendre un coup. Dans le 4 x 4, chacun retenait sa respiration. Russel se leva, plus inquiet qu'il ne voulait le laisser paraître.

— Qu'est-ce qui se passe ?

— Je… je crois qu'il est tombé dans une crevasse, balbutia Frances.

— Décompression ?

— Je ne pense pas.

Ils n'avaient pas entendu le « wooosh » caractéristique de la fuite d'air, ce qui était bon signe.

— Wilford ? appela Charles Hallahan. Vous nous entendez ? Wilford ? Dites-nous quelque chose…

Pas de réponse.

— C'est sûrement une crevasse, gémit Frances en se prenant la tête entre les mains.

Laurence Turman se rongeait les ongles. Hallahan s'égosillait dans le micro. Le regard de Keith allait d'un adulte à l'autre. Il se sentait complètement démuni.

— Je vais le chercher, déclara la glaciologue tout à trac.

— Je vous accompagne, annonça Russel, l'air ténébreux.

— Hein ?

— J'ai dit que je vous accompagnais. Vous êtes peut-être tous des caïds dans vos labos, mais là, ça ne rigole plus ! L'un de vous sait-il descendre une paroi en rappel ? Non ? C'est bien ce que je pensais… Alors, laissez-moi faire.

Il avait une furieuse envie de crier « Si vous m'aviez écouté, on n'en serait pas là ! » mais cela n'aurait rien arrangé. Pour l'heure, il fallait secourir l'autre zigoto.

— Ne perdons pas de temps, fulmina le mécano en se dirigeant vers les vestiaires, Frances sur ses talons.

— Je peux venir avec vous ? demanda Keith.

— Non, p'tit gars. Inutile qu'on soit trois à prendre des risques.

Moins de vingt minutes plus tard, ils arrivèrent sur les lieux du drame. Russel remorquait derrière lui un long câble métallique. Le treuil situé à l'avant du 4 x 4 se dévidait à mesure qu'ils avançaient. En plus de leur combinaison de survie, ils portaient du matériel d'escalade en bandoulière : corde, harnais, mousquetons…

— Quel merdier, soupira le mécano.

Frances avait vu juste. Un gros trou s'ouvrait dans le sol, à la base du rocher. Ce dernier paraissait d'ailleurs reposer dans un équilibre plus que précaire.

— Vous voyez Brimley ? questionna un chœur de voix chevrotantes, dans leur intercom.

— Attendez une minute…

Ils avançaient à petits pas, précautionneusement. Ils se penchèrent au-dessus de la crevasse. L'ancien militaire avait eu de la chance dans son malheur. Il gisait, cinq ou six mètres plus bas, sur un éperon de glace. Inconscient. Le gouffre continuait sous lui, s'enfonçait dans le noir. La calotte faisait quand même plusieurs kilomètres d'épaisseur…

— Il est vivant ? glapit la voix de Laurence Turman à leurs oreilles.

— Je n'en sais rien, dit sèchement Russel. Je vais descendre. Frances, vous m'assurez ?

Elle fit oui de la tête. Elle était trop secouée pour parler. Une part d'elle-même se félicitait que le mécano ait pris les choses en main car elle ne savait pas comment elle se serait débrouillée toute seule. Russel cherchait un endroit où planter son piton. Elle lui indiqua un coin qui paraissait solide.

— Ici.

— D'accord.

Il fixa le piton dans la glace dure, enfila un harnais, passa des mousquetons, fit des nœuds. Elle l'aidait de son mieux.

— Vous êtes un pro de l'escalade ? questionna-t-elle en glissant la corde de rappel dans une sangle.

— Je me débrouille, répondit-il, laconique.

En fait, il avait vraiment un très bon niveau. Mais c'était la première fois qu'il pratiquait ce sport engoncé dans une encombrante tenue d'astronaute. Heureusement, la gravité était faible : zéro virgule quatre fois celle de la Terre. Ceci compensait cela.

— Bon, j'y vais…

Il se laissa descendre, presque à l'horizontale, les pieds plaqués contre la paroi, une main sur la corde, l'autre sur sa poignée autobloquante. Cela fonctionnait plutôt bien. Le bruit de sa respiration lui tenait compagnie. Il contemplait d'un œil distrait les différentes strates du mur de glace. Parfois, des coulées roussâtres faisaient la jonction entre deux couches. Il sourit, car cette image évoquait pour lui un sundae au caramel. Il n'avait pas trop peur. Pour l'instant.

— J'y suis presque, dit-il au bout d'une minute.

Il atterrit sur la corniche, constellée d'éclats plus ou moins gros. Brimley avait les yeux fermés mais il respirait encore. C'était le principal.

— Il est vivant, dit le sauveteur dans son laryngophone. Envoyez-moi le câble.

Il entendit plusieurs soupirs de soulagement simultanés.

La plate-forme ne semblait pas d'une solidité à toute épreuve, aussi se dépêcha-t-il de passer un harnais de secours au géologue. Il glissa le câble dans une sangle, puis le fixa avec un mousqueton.

— Mettez le treuil en route. Tout doux.

Brimley, flasque comme une poupée de chiffon, remontait lentement.

— On dirait que ça marche, dit Russel, satisfait.

À ce moment, le sol s'ouvrit sous ses pieds. La corniche tout entière tombait dans le vide, et lui avec. La corde se tendit et il heurta la paroi en poussant un juron. Néanmoins, les couches protectrices de sa combinaison avaient amorti le choc.

— Russel, ça va ?

— Ouais. Rien de bien méchant. Je remonte.

Les battements de son cœur se calmèrent. Il regarda vers le haut. Le blessé était arrivé à bon port. Frances achevait de le hisser.

Voilà déjà une bonne chose de faite.

Remonter allait être un peu fastidieux, mais pas si compliqué que ça. La manœuvre consistait à former une boucle avec la corde de rappel et à mettre un pied dedans. Ensuite, on montait la poignée autobloquante au-dessus de la tête et on faisait remonter la boucle inférieure et tout le corps avec. On progressait ainsi par petits « sauts ».

Russel en était à son deuxième « saut de carpe » lorsque des morceaux de glace se mirent à dégringoler autour de lui. Certains rebondissaient sur son casque avec un bruit de grêlons.

— Le rocher ! cria Frances. La glace s'effrite autour du rocher… Il va tomber !

L'adrénaline fouetta le sang du mécano. Il se dévissa l'épaule pour voir l'astéroïde, qui penchait de plus en plus. Des voix hurlèrent en stéréo dans ses écouteurs :

— Dépêchez-vous !

— Vite !

— Sortez de là !

Merde de merde de merde de merde !

Il s'activa, passant la poignée de plus en plus haut pour gagner de l'amplitude à chaque effort. Mais c'était un calcul dangereux, car ses « sauts » devenaient désordonnés et maladroits. Et il se fatiguait beaucoup plus vite. Tant pis : il n'avait pas envie de recevoir dix tonnes sur la tête !

— Grouillez-vous ! supplia Frances.

— Je fais ce que je peux !

Il soufflait comme un phoque et, cette fois, il avait une trouille carabinée.

Plus qu'un mètre… Cinquante centimètres…

La jeune femme tendit les bras, l'attrapa sous les aisselles et l'aida à se sortir du trou. Il roula sur la glace carbonique, plus mort que vif. Au même instant, le rocher bascula dans le puits sans fond, et quantité de petits débris le suivirent.

Il y eut un moment de temps suspendu où tout paraissait figé, puis Russel déclara :

— Bon sang, je prendrais bien un remontant !

7

Laurence Turman et Charles Hallahan prodiguèrent les premiers soins au blessé avec le peu d'équipement médical dont ils disposaient (une trousse et un biokit). Le géologue souffrait de diverses commotions, et peut-être même d'un traumatisme crânien. Il était en état de choc. Heureusement, sa tenue l'avait protégé de l'hypothermie. Les analgésiques le plongèrent dans un sommeil agité, peuplé de délires.

— Nous sommes des pèlerins en terre païenne, ressassait-il, la mâchoire serrée. L'œil du Malin est sur nous !

On avait dû le sangler sur sa couchette car ses crises s'accompagnaient de violentes gesticulations.

Il fallut attendre près de vingt heures pour qu'il prononce enfin une parole cohérente. Après avoir rechargé ses batteries, le 4 x 4 s'était remis en route. Il faisait nuit noire lorsque Brimley demanda avec brusquerie :

— L'astéroïde ? Vous avez bien ramené un échantillon, hein ?

— Oui, mentit le jeune stagiaire, qui somnolait à son chevet. Frances a pris un morceau. On vous l'a mis de côté, ne vous inquiétez pas.

Rassuré, le convalescent se rendormit.

Keith regarda à travers les hublots l'aube qui se levait. Le décor changeait. La calotte était derrière eux, maintenant. Ils s'engageaient dans une sorte de *no man's land*, une zone frontière qui, l'hiver venu, se recouvrait de glace sèche et craquante. La lumière rasante du soleil glissait sur ce terrain laminé, léchait ses grains comme une mère cherchant à réchauffer sa progéniture. Ce paysage nouveau n'était pas sans rappeler les dunes du Sahara... Un Sahara où les températures étaient celles de l'Antarctique !

Encore une image fabuleuse.

Keith sortit sa caméra.

Les deux jours suivants s'écoulèrent sans incident. Le rituel était invariable : ils roulaient, s'arrêtaient l'après-midi, puis roulaient de nouveau une fois les blocs énergétiques rechargés.

Ils se relayaient tous au volant. Tous sauf Brimley, qui délirait toujours, et Keith, qui ne savait pas conduire. Cela n'empêchait pas le garçon de passer de longues heures dans le cockpit. Il aimait bien faire la conversation aux différents chauffeurs. La nuit, en particulier, était propice aux confidences.

Ainsi, il apprit que Laurence Turman avait un fils un peu plus âgé que lui, Thomas. Le professeur Turman était sans nouvelles de lui depuis que son ex-mari l'avait enlevé, douze ans plus tôt. Cruelle épreuve. Elle avait engagé plusieurs détectives privés, mais en vain : le père et l'enfant restaient introuvables. Elle en parlait sans larmes dans les yeux. Sa douleur allait au-delà des larmes. Elle avait passé la dernière décennie à se noyer dans le boulot. Pour oublier... Sans grand succès. Keith comprenait mieux, à la lumière de cette histoire, la mélancolie omniprésente dans le ton et le regard de cette femme.

Il apprit également des choses étonnantes sur Charles Hallahan.

Dès huit ans, le (futur) climatologue modélisait des tragédies de Racine pour en comprendre le fonctionnement narratif. À douze, il s'attaquait aux prévisions météo ou encore à la Bourse. Il parvenait à anticiper les fluctuations de l'une et de l'autre avec une appréciable fiabilité. Adulte, il avait participé au grand « toilettage » de la théorie du chaos, après que le professeur Eynard eut secoué l'*establishment* avec ses topologies fractales révolutionnaires. Ensuite il était parti pour l'Amazonie, territoire protégé depuis les décrets de 2023. Il y avait vécu dix ans. Il s'était rendu dans la forêt équatoriale pour en étudier l'évolution et essayer d'anticiper celle-ci grâce à ses différents systèmes de modélisation. Après une expérience pareille, la planète Terre lui avait semblé un peu petite. Il était parti pour l'espace avec un objectif : apporter sa contribution à la colonisation de Mars, la dernière grande aventure humaine.

Une vie bien remplie !

En plus, Hallahan avait de l'humour, ce qui ne gâtait rien dans les situations de stress, comme ces temps-ci.

Frances Sternaghen, en revanche, ne rigolait pas beaucoup. Keith avait déjà rencontré ce spécimen de jolies filles, le modèle « rose avec les épines ». Qui s'y frotte s'y pique. Par certains côtés, elle lui rappelait Cécilia. Même regard, même air indomptable. Mais les ressemblances s'arrêtaient là. Alors que Cécilia donnait l'impression de croquer la vie avec gourmandise, on eût dit que Frances affichait un masque de sérieux pour contrebalancer son physique avantageux. Elle paraissait tout le temps sur la défensive et ne se livrait pas facilement. L'adolescent avait d'abord pris cela pour de la condescendance, mais il optait à présent pour une sorte de timidité. Cette attitude s'accentuait en présence de la gent masculine. Dès que Russel était dans les parages, par exemple, on pouvait presque voir le « bouclier protecteur » de la glaciologue qui s'activait. Cependant, depuis l'épisode du sauvetage, tout cela avait tendance à évoluer. La jeune femme regardait le mécano différemment. Elle semblait avoir mis de l'eau dans son vin. Peut-être commençait-elle à entrevoir certaines qualités derrière les rodomontades du barbu. Keith avait surpris plusieurs coups d'œil à la dérobée, des petits riens. La chose était particulièrement cocasse lorsqu'ils se frôlaient, ces deux-là, et Dieu sait si l'exiguïté des lieux favorisait ce genre de contacts. Ils n'en finissaient pas de s'excuser, gênés comme deux collégiens.

Russel était un sacré phénomène. Le stagiaire météo aimait tout en lui, excepté ses goûts musicaux. Plus tard, il aurait souhaité lui ressembler. Le mécano avait mené une vie aventureuse, comme le professeur Hallahan. Certaines anecdotes laissaient même supposer qu'il avait eu quelques problèmes avec la justice. Mais ça, Russel n'en parlait pas beaucoup. Il était parti de chez lui assez jeune. Visiblement, les études ne le branchaient pas des masses. Il avait pas mal roulé sa bosse avant de finir comme guide de randonnées chez Trek 21, une boîte spécialisée dans le tourisme de l'extrême, un truc pour clients fortunés et masos.

Ses passions ? L'escalade et le désert. Il adorait les excursions dans le Grand Canyon ou à Monument Valley, des sites qui pouvaient réunir ses deux dadas. La haute montagne, en revanche, lui faisait horreur. Il détestait le froid. Comment avait-il atterri dans une station polaire martienne, alors ? Par des chemins tortueux : dès 2112, Trek 21 s'était mise à diversifier ses activités. La société proposait toute une gamme d'excursions extra-planétaires (les voyages « Neil Armstrong sur la Lune », entre autres, marchaient très fort). La station L5, un ancien pénitencier spatial racheté par Trek 21, avait été reconvertie en parc d'attractions pour touristes en mal de sensations fortes. On y rejouait sans fin la révolte des prisonniers qui avait défrayé la chronique en 2069*.

Russel faisait déjà office d'homme à tout faire sur L5. Son amour pour l'espace remontait à cette période. Rien pour lui ne pouvait égaler le spectacle des planètes, des étoiles… vues d'en haut. La paye sur Mars était bonne, et on avait toujours besoin de bidouilleurs polyvalents dans son style. Il avait calculé qu'il aurait de quoi s'acheter le voilier solaire de ses rêves en un an. Il avait donc signé, sans états d'âme.

Russel rassurait Keith par sa seule présence. Le mécano s'était déjà sorti de situations très périlleuses à l'époque de ses folles randonnées. Cette fois encore, il arriverait à ramener tout le monde sain et sauf à la maison. Restait à savoir ce qu'ils allaient découvrir… « à la maison ». D'ailleurs, y avait-il encore une « maison » ? *Bradbury* ne donnait toujours aucun signe de vie. La peur et l'incertitude perturbaient le sommeil de l'adolescent. Il imaginait un accident, une catastrophe majeure…

Peut-être la centrale de terraformation *Gaïa,* si proche de la ville, avait-elle explosé ? Si tel était le cas, y avait-il des rescapés ?

Cécilia... Papa... Maman...

Peut-être qu'une épidémie fulgurante, un mal inconnu, avait tué tout le monde ? Dans ses délires les plus fous, il avait même songé à une attaque de Martiens, comme dans ces vieux romans de SF du vingtième siècle dont il était si friand. Mais,

---

* Voir *La Nuit des mutants,* du même auteur (Hachette Jeunesse, coll. « Vertige SF »).

en quatre-vingts ans de colonisation, on n'avait jamais trouvé la moindre trace de vie sur la planète rouge…

Alors ?

8

Ils étaient partis depuis quatre jours.

Les dunes de sable jaune avaient laissé place à des collines de sable noir. Après le Sahara, les mines de charbon. Russel profita de leur quatrième halte matinale pour grimper, en scaphandre, sur le toit du camion. Il avait noté que, durant la nuit, l'engin se traînait un peu. Il ne faisait même pas du vingt kilomètres à l'heure de moyenne. Cela venait peut-être du système électrostatique accolé aux panneaux solaires. Ce champ de répulsion était censé protéger les cellules photovoltaïques. Sans lui, les vents déposaient leur lot habituel de poussière martienne, ce qui réduisait sensiblement l'efficacité des capteurs.

— Bingo !

L'un des aimants était fichu. Heureusement, ils en avaient plusieurs de rechange.

— Nestor, balance-moi une clé de huit, demanda le mécano.

Mais, à sa grande surprise, ce fut Frances qui lui apporta l'outil.

— J'en avais marre d'être enfermée, confessa-t-elle comme si elle cherchait à se justifier. Je voulais prendre un peu l'air… enfin, façon de parler.

— Merci, dit le barbu en prenant la clé de huit.

Il commença à changer l'aimant, courbé sur les panneaux brillants. Frances, fascinée, regardait le paysage.

— Magnifique, n'est-ce pas ? demanda-t-elle au bout d'un moment en montrant l'horizon sanguinolent.

Russel, absorbé par sa tâche, n'y avait pas prêté attention. Il leva les yeux.

— Deimos et Phobos, lâcha-t-il, songeur.

Les deux satellites de Mars commençaient leur lente ascension. Plus on s'éloignait du pôle, mieux on les voyait.

— Deimos signifiait « terreur » chez les Grecs anciens, expliqua Frances, et Phobos…

— Veut dire « peur », compléta le mécano. C'est l'origine du mot phobie. Vous savez, mademoiselle Sternaghen, je ne suis pas aussi inculte que j'en ai l'air.

— Et moi, je suis… *« venue en paix »*, fit-elle avec un sourire sincère.

Il ne l'avait jamais vue sourire ainsi. Cette expression changeait de manière subtile sa physionomie. Elle paraissait plus jeune. Plus humaine aussi. Russel n'osait rien répondre, de peur de proférer une ânerie plus grosse que lui et de rompre le fil ténu qui venait de se tendre entre eux.

— En fait, je suis venue *faire* la paix, précisa-t-elle.

— Vous m'en voyez ravi. Mais pour le calumet, ça va être difficile ici…

Elle sourit encore, parut hésiter, puis dit :

— Je vous ai trouvé très bien, l'autre jour, dans la crevasse.

— Je peux avoir mes bons moments, fit-il, pince-sans-rire. Mais faut bien les guetter car il n'y en a pas souvent.

— Enfin, voilà… Je voulais juste vous dire que j'étais contente que vous soyez avec nous. C'est tout.

C'est déjà pas si mal, pensa-t-il très fort.

Elle tendit sa main gantée et il la serra de bon cœur.

— Amis ?

— Ami.

Et plus si affinités, ajouta-t-il pour lui-même.

Après les dunes boréales sombres, le sable se piquetait de mauve, de rouge et de violet. Ils commençaient à apercevoir les premiers rochers, sombres, déchiquetés. Un sol d'une absolue stérilité. En apparence. S'il avait été « opérationnel », Wilford Brimley se serait fait un plaisir de renseigner ses compagnons sur la nature du terrain : obsidienne, silex, grenat et autres particules d'origine volcanique. Pour l'heure, le géologue passait le plus clair de son temps à dormir. Ses réveils étaient souvent agités. Il citait des passages entiers de la Bible, l'écume aux lèvres :

— *Le ciel s'obscurcira, la lune ne brillera plus, les étoiles se mettront à tomber du ciel et les puissances qui sont les cieux seront ébranlées. Alors, on verra le Fils de l'Homme venir, entouré de nuées...*

— Amen, grinçait Russel.

Et il retournait vaquer à ses occupations, laissant à d'autres le plaisir d'écouter ces interminables sermons.

Au matin du cinquième jour, Frances entama l'ascension d'une vaste dune par sa face orientale. Elle roulait un peu vite et, lorsque le véhicule arriva au sommet, une coulée de sable le fit chavirer. La partie arrière, montée sur châssis flexible, bascula la première, entraînant la partie motrice. Les deux modules glissèrent sur le flanc, envoyant tous leurs occupants valdinguer contre les parois et au plafond. Dieu merci, aucun nouveau blessé ne fut à déplorer.

Les rescapés passèrent le reste de la journée à tenter de remettre l'engin d'aplomb en s'aidant de poulies artisanales, de leviers, de cordes… et de Nestor ! Mais il n'y avait rien à faire. Autant essayer de soulever un pachyderme à mains nues.

Le soir venu, on improvisa un « conseil de guerre » dans le module-habitation renversé du labo.

Par chance, Brimley était dans l'un de ses rares moments de lucidité. Peut-être le choc lui avait-il remis les idées en place…

Les visages exprimaient l'inquiétude. Frances semblait mortifiée. Elle n'osait pas regarder les autres en face.

— Vous n'avez pas à vous sentir responsable, lui dit Russel en posant une main apaisante sur son épaule. Cela aurait pu arriver à n'importe lequel d'entre nous.

Elle ne répondit rien. Se tournant vers le reste du groupe, il enchaîna :

— On peut encore s'en sortir.

— Je ne voudrais pas jouer les rabat-joie, mais je ne vois pas très bien comment, le coupa Brimley.

— Il nous reste encore nos pieds.

Consternation générale.

— Je m'explique, poursuivit l'ancien guide de randonnée. Nous sommes tout près de Vastitas Borealis. La Citadelle est à une centaine de kilomètres vers le sud. Cela signifie qu'on pourra bientôt se passer de nos scaphandres. Nos tenues photovoltaïques et un respirateur suffiront. C'est quand même plus pratique pour crapahuter.

En effet, *Gaïa,* la centrale de terraformation construite près de *Bradbury*, étendait son influence sur une zone de quatre-vingts kilomètres de rayon. Ses immenses cheminées crachaient du CFC en abondance. Ce gaz (le chlorofluorocarbone) permettait de densifier l'atmosphère et de la réchauffer, en augmentant l'effet de serre. Sans cela, la pression de Mars était le dixième de celle de la Terre. L'air n'était pas encore respirable mais, au moins, les risques de décompression n'avaient plus lieu d'être. On se rapprochait un peu des conditions de vie terriennes. Il faudrait des centaines de centrales-relais (et des centaines d'années) pour propager ce phénomène sur toute la planète. Alors seulement les calottes commenceraient à fondre et le cycle de l'eau se mettrait en branle : évaporation, pluies, activation de l'hydrosphère. Les plantes, par leur action photosynthétique, produiraient de l'oxygène, etc.

Chaque membre de l'équipe réfléchissait. Le géologue brisa le silence :

— Je ne suis pas en état de marcher.

— J'y ai pensé, figurez-vous, rétorqua Russel. On peut bricoler une sorte de civière à partir d'une couchette. Le robot vous remorquera. Vous voyez bien qu'on a eu raison de l'emmener ce brave Nestor !

— C'est de la folie, jeta Brimley.

Mais il y avait plus de lassitude que de hargne dans sa voix. Il savait bien qu'il n'existait pas d'autre solution.

— Cela peut marcher, c'est le cas de le dire, opina vigoureusement Hallahan. Nos tenues de survie régulent notre température corporelle et peuvent même recycler en eau notre transpiration et nos déjections.

En 2121, le rêve de Frank Herbert, l'auteur de *Dune,* était devenu réalité : on savait fabriquer des distilles presque aussi efficaces que ceux de ses guerriers fremen !

— Tout de même, cent kilomètres, ça fait un bout de chemin, murmura la météorologue.

— Pas tant que ça, assura Russel. On profite de cette nuit pour bien se reposer et on part demain dans la matinée.

Keith se mâchouillait l'intérieur de la joue. Il avait la trouille mais, d'un autre côté, il accordait toute sa confiance à son ami mécanicien. Hallahan, malgré ses soixante ans bien sonnés, était déjà converti à l'idée d'une marche forcée jusqu'à *Bradbury*. Les deux femmes paraissaient moins résolues, sans parler de Brimley qui affichait sa tête des mauvais jours.

— On fera cinquante kilomètres en une journée, à tout casser, évalua Frances.

— Nous avons une tente idéale pour le camping sauvage, essaya de plaisanter le barbu. Et la nourriture déshydratée ne pèse pas lourd. On peut y arriver. C'est à notre portée.

— Et mon morceau de météorite ? s'exclama le blessé. Nous ne devons pas oublier mon morceau de météorite !

— Y avait longtemps… soupira Russel.

Hallahan essaya de se montrer rassurant :

— Ne vous tracassez pas, mon cher Wilford. On enverra une patrouille récupérer votre météorite dès qu'on sera arrivés à la Citadelle. De toute façon, le 4 x 4 ne va pas s'envoler, n'est-ce pas ?

— Je ne partirai pas d'ici sans ma météorite !

Le mécano se pencha à l'oreille de Frances et dit :

— Je préférais encore quand il était dans les vapes.

Elle acquiesça et prépara une seringue de calmant.

9

Le lendemain, ils ne parcoururent que trente-cinq kilomètres, à cause des scaphandres. Comme prévu, leur équipement volumineux les ralentissait. Il n'était pas facile de plier les genoux, ce qui faisait principalement travailler les chevilles et les orteils. À la longue, cela devenait très fatigant. Ces tenues autonomes étaient conçues pour des sorties à rayon d'action limité, pas pour faire du trekking, même sous pesanteur réduite.

Russel ouvrait la marche. Il dégustait, car son système de chauffage interne se déréglait sans arrêt. L'un des deux ventilateurs contenus dans son paquetage dorsal ne fonctionnait que ponctuellement. La chaleur était insupportable, mais il fallait tenir bon. Il avait instauré un quart d'heure de repos toutes les heures, avec une pause un peu plus longue à la mi-journée. Les astronautes en avaient profité pour recharger leurs bouteilles d'oxygène grâce à l'OGS, un caisson gris assez laid (et assez lourd) que le mécano traînait derrière lui sur une sorte de luge. Dans un premier temps, l'engin absorbait le dioxyde de carbone contenu au sein de l'atmosphère martienne. Ensuite, il le chauffait jusqu'à ce que la pression atteigne un bar. L'*Oxygene Generator Subsystem* électrolysait le dioxyde de carbone à haute température (sept cent cinquante degrés) afin d'en extraire l'oxygène, puis transférait le gaz ainsi obtenu dans les bouteilles individuelles.

On profita également de cette grande pause pour manger. Un système de pailles permettait aux astronautes de se restaurer sans ouvrir leur casque. Paille bleue : de l'eau (tiède). Paille rouge : une bouillie nutritive infecte. On parlait peu, même durant cet intermède supposé être relaxant. Chacun cherchait à économiser ses forces.

La marche de l'après-midi fut plus facile pour Russel. Il était enfin parvenu à régler son problème de chauffage. Son moral s'en ressentit. À un moment, il se surprit même à siffloter un vieux morceau de *Brain Damage*. Les autres le sommèrent de se taire ou bien de couper son intercom. Il opta pour la seconde solution. Il commençait à retrouver certaines sensations de sa « vie d'avant », lorsqu'il traversait la Death Valley avec ces abrutis de touristes. Oui, c'était vraiment une autre vie. Tout cela lui paraissait tellement loin, à des millions d'années-lumière...

En fin d'après-midi, il consulta son analyseur atmosphérique. On ne pouvait pas encore respirer sans masque (il faudrait, pour cela, pénétrer sous le dôme de *Bradbury*) mais, au moins, le témoin d'alarme « pression » était éteint. Ils allaient enfin pouvoir quitter leur encombrant vêtement.

— On monte le camp, dit Russel.

La tente de survie (une sorte de serre gonflable étanche) était prévue pour cinq personnes, mais, en faisant un petit effort, il y avait moyen de caser tout le monde. Seul Nestor « dormirait » à la belle étoile, recouvert d'une bâche pour éviter que le sable ne vienne gripper ses articulations.

Les six hommes et femmes mangèrent avec appétit, à défaut de bonne humeur. Russel essaya la radio du 4 x 4, qu'il avait pris soin d'emporter.

— Allô… *Bradbury* ?… *Bradbury*, vous me recevez ?

Toujours pas de réponse. Rien qu'un bruit de friture.

Au moins, demain, on sera fixés, songea Russel. *Ou après-demain au plus tard. Pour le meilleur et pour le pire…*

Ils avaient brûlé un bon paquet de calories, mais le plus dur était derrière eux, à présent.

L'ancien guide passa en revue les mines fatiguées et essaya de remonter le moral de la troupe :

— Allons, presque quarante kilomètres avec des combinaisons, ce n'est pas si mal. Demain, ça ira mieux, vous allez voir…

— Même si on parcourt cinquante kilomètres, on devra encore passer une nuit sous la tente, grogna Brimley.

— On n'en mourra pas.

— Dieu vous entende, parce que, si une tempête se lève…

Ils démarrèrent vers huit heures du matin, singulièrement allégés. Les scaphandres restaient sur place. Encore une curiosité pour de futurs archéologues. Brimley affirma qu'il se sentait mieux et qu'il pouvait marcher. Russel n'avait pas envie de discuter durant des heures. Il dit :

— Comme vous voulez, mais si je vois que vous nous ralentissez, vous remontez sur la civière.

— D'accord.

Ils avançaient dans une plaine désertique. Le sable noir des dunes boréales et le régolite brun roux se disputaient la suprématie du terrain. Les teintes ocres s'affirmaient, déployaient toute la subtilité de leur palette. Le ciel était encore orangé, mais plus pâlichon que vers le nord. La poussière en suspension absorbait toujours les longueurs d'onde bleues de la lumière solaire, cependant les molécules de dioxyde de carbone commençaient à jouer leur rôle de dispersion. En fait, l'influence de la centrale *Gaïa* s'accentuait, de kilomètre en kilomètre.

Russel conduisait le groupe. Il essayait de ne pas aller trop vite, pour que tout le monde suive. Il se sentait bien, ragaillardi par une bonne nuit de sommeil. Et puis, après ces horribles scaphandres, c'était une bénédiction de marcher avec les combis photovoltaïques. Le respirateur, lui aussi, facilitait beaucoup les choses. Il s'agissait d'un groin transparent gris perlé qui filtrait le dioxyde de carbone ainsi que l'omniprésente poussière. Cette dernière ressemblait plutôt à de la poudre. Des lunettes spéciales étaient prévues pour protéger les yeux. Deux tubes flexibles (pour l'eau et pour la nourriture) sortaient du col de la combinaison et se greffaient de part et d'autre du respirateur. Un système bien étudié. On communiquait grâce à un petit micro et à une oreillette semblables à ceux des présentateurs d'holovision.

Russel regardait son bracelet-analyseur à intervalles réguliers. La température remontait nettement. Ils étaient entrés dans une zone tempérée. Dix degrés Celsius le jour et moins cinq degrés Celsius la nuit. Merci *Gaïa*. Le seul gros problème venait de l'extrême aridité de l'air. L'exercice aidant, ils avaient tendance à se déshydrater rapidement. Leur gourde était à moitié vide. Dans le pire des cas, il resterait toujours le système de reconversion « sueur-eau » ; cependant, le cycle du distille prenait du temps. Ils pourraient tenir encore une journée, mais après la transpiration emmagasinée ne suffirait plus à leurs besoins.

Voilà pourquoi il valait mieux ne pas traînasser. En fait, la pénurie d'eau effrayait Russel bien plus que les fameuses tempêtes de sable. La faible densité de l'atmosphère limitait leurs effets à ceux d'une simple brise terrienne. La poussière en prime. Même sans visibilité, l'ancien guide se disait qu'il pourrait toujours diriger le groupe avec son système GPS et les relais satellitaires.

Il avait déjà affronté des tempêtes de sable sur Terre, et non des moindres. Celle dont il se souvenait le mieux s'était produite en Tunisie, dans le Chott el-Djerid. Il s'occupait alors de safaris *Star Wars* pour le compte de Trek 21.

Près d'un siècle et demi après sa réalisation, le film de George Lucas et ses suites fascinaient toujours. Les fans organisaient de véritables pèlerinages sur les sites où avaient été tournés les épisodes I, IV, XVIII et XXI.

Une fois, un touriste complètement cinglé avait bousillé leur Jeep, leur radio et leur GPS en criant : « Nous devons faire pénitence, comme maître Skywalker ! Nous devons faire retraite* ! » Question retraite, il en avait eu pour son argent celui-là. Un fort vent de sable s'était levé, obligeant tout le monde à rentrer dans le véhicule. Ils y avaient passé quatre jours et quatre nuits pendant que, dehors, la tempête se déchaînait.

Au matin du cinquième jour, on les avait secourus. Russel s'était alors juré d'éviter de prendre des aspirants jedis dans ses groupes, à l'avenir.

Le mécano eut un sourire en repensant à cette période révolue de sa vie.

Les sensations revinrent, encore plus précises que la veille, une impression de symbiose avec l'environnement, ce qu'il appelait le « moment parfait ». Il avait trouvé son rythme. Il était minuscule, une fourmi avançant au milieu de nulle part,

* Il faisait allusion à l'épisode XXI, lorsque le vieux maître jedi Luke Skywalker part seul, dans son désert natal, pour méditer. Mark Hamill ayant trouvé la mort depuis longtemps, son personnage était réalisé en images de synthèse et modélisé d'après l'original. Comme l'écrivit le critique T. Bonnans dans *Bad Movies* : « Le double digital joue mieux que l'acteur en chair et en os... »

mais il se sentait intégré dans un grand tout. Le vent caressait ses cheveux. Les grains de sable se dispersaient sous ses pas. La poussière cherchait à l'envelopper, mais sans malignité. Mars n'était ni bonne ni mauvaise. On ne pouvait lui prêter aucune intention, aucun calcul. Russel lui-même n'était plus un corps étranger sur une planète étrangère, mais bien une parcelle infime de l'univers, un monde à lui tout seul, vivant et frémissant.

Dans de pareils moments, le moi s'estompait. Les pensées structurées s'en trouvaient reléguées à l'arrière-plan. Les passions, le doute et la peur se dissolvaient dans le grand tout absolu.

Il aurait aimé faire partager ce sentiment aux autres. Il s'arrêta et tourna la tête pour voir comment ils s'en sortaient.

— Merde !

Ils étaient loin derrière, en file indienne.

Évidemment, ça doit les changer de leurs journées de boulot pépères, au labo, les fesses vissées sur une chaise.

Le mécano éprouva brièvement une sorte de joie revancharde à voir tous ces scientifiques de salon traîner la patte comme des malheureux. Il s'en voulut aussitôt. C'était stupide et puéril. Ils étaient tous embarqués dans la même galère. Si un seul d'entre eux flanchait, ils auraient un gros, gros problème sur les bras. En effet, le sol devenait trop rocailleux pour y faire glisser la civière de Nestor.

Russel ne s'inquiétait pas pour Keith. Ce « gosse » paraissait solide comme un bœuf. Frances était jeune, elle avait encore de la réserve. Hallahan compensait son âge par un mental à toute épreuve. On ne pouvait pas en dire autant de Laurence Turman et de Brimley. Les marques de l'épuisement étaient tatouées sur leur visage. L'ex-marine serrait les dents, en bon militaire, mais il semblait au bout du rouleau. Il tenait d'une main sa bible et de l'autre ses côtes, tout en respirant avec une lenteur préoccupante.

J'espère que cet imbécile ne s'est pas cassé quelque chose en tombant dans la crevasse, songea l'ancien guide, un goût amer dans la bouche.

Il ne pourrait en avoir le cœur net qu'une fois à la Citadelle…

— Allez, un peu de nerf, cria-t-il, histoire de les encourager.

Il attendit que le reste du groupe arrivât à sa hauteur pour déclarer la pause déjeuner.

Personne ne protesta.

Le soir, sous la tente, ils s'écroulèrent littéralement.

Russel lui-même en avait plein les pattes. La marche de l'après-midi s'était révélée assez dure. La plaine devenait de plus en plus caillouteuse, ce qui mettait davantage à contribution les ligaments des chevilles. D'un autre côté, cela signifiait qu'ils avaient atteint Vastitas Borealis. *Bradbury* n'était plus très loin. Dix ou vingt kilomètres à tout casser. Il essaya de mettre en avant cette estimation lors de la veillée. Il obtint quelques hochements de tête et des sourires fatigués.

Cette nuit-là, Russel fut le dernier à s'endormir.

En fait, il n'arrivait pas à fermer les yeux. Son regard était hypnotisé par la nuque de Frances, couchée à quelques centimètres de lui. Les jours passant, il la trouvait de plus en plus attirante. Les situations extrêmes ont le mérite de jouer un rôle de révélateur sur la personnalité des gens. On laisse de côté les convenances. Le vernis s'effrite.

Frances s'en voulait toujours d'avoir planté le 4 x 4, il le voyait bien, mais au moins elle faisait face sans courber l'échine. Elle ne se plaignait jamais. Lors des pauses, elle était pleine d'attention pour les plus faibles, n'hésitant pas à partager sa gourde avec Laurence Turman ou Brimley. Une fille bien. Pas seulement une jolie fille.

Jusqu'ici, les aventures de Russel avec les femmes avaient été aussi nombreuses que superficielles. Lors de sa période « guide de randonnée », il avait souvent couché avec des clientes. Elles devaient le trouver original, exotique. Lui ? Eh bien, il en avait profité, mettant autant de romantisme dans ces liaisons éphémères que, disons, dans un chouette repas au restaurant ou dans une partie de foot avec les copains.

Mais ce qu'il éprouvait pour Frances, ce sentiment naissant, encore embryonnaire, était d'un autre ordre. Elle ne lui faisait plus peur comme avant, donc il n'avait plus besoin d'essayer de lui en imposer. Il se laissait aller à être lui-même, et Dieu que c'était bon ! En la regardant dormir, il éprouvait un pincement au cœur à la fois agréable et douloureux. Il avait envie de la protéger. Il se rapprocha d'elle, se colla contre son dos. Leurs deux corps s'épousaient parfaitement, comme deux pièces d'un puzzle. Elle se cala même davantage contre lui, pour plus de confort. Sommeillait-elle toujours, ou bien était-elle consciente ?

Russel s'endormit en essayant d'apporter une réponse à cette question délicieusement angoissante.

IO

Heith se réveilla au milieu de la nuit, tremblant, désorienté.

Il sortait d'un rêve pénible, un cauchemar mettant en scène ses parents.

Dans son rêve, il y avait une foule. Une manifestation ? Une émeute ? Son père et sa mère se trouvaient prisonniers de la multitude, et lui aussi. Ils étaient tassés, compressés de toutes parts. Autour d'eux : des gratte-ciel (enfin, des gratte-dôme) et des immeubles ; ceux de *Bradbury*, très certainement. À un moment donné, il lâchait la main de sa mère. Ses parents étaient emportés par la marée humaine. L'adolescent luttait, mais un flot inverse l'entraînait au loin. Il criait. Aucun son ne sortait de sa bouche. Le brouhaha était le seul fond sonore. Il avait le temps de jeter un dernier coup d'œil en direction de ses parents. Les pauvres ! Ils se dirigeaient vers une gueule béante, sculptée dans la pierre, une statue gigantesque. La monstrueuse idole ressemblait à un sphinx géant. Elle avalait les petits bonhommes sans jamais se rassasier.

— Moloch-Baal ! clamait la foule avec une ferveur hystérique.

C'est à cet instant qu'il avait choisi de se réveiller…

Keith regarda autour de lui. Il essayait de se raccrocher au réel comme un noyé s'agrippe à une bouée de sauvetage.

Tout le monde dormait. Russel et Frances semblaient scotchés l'un à l'autre, ce qui arracha un sourire au jeune stagiaire. Ses soupçons se confirmaient.

Il sortit de la tente. Il avait besoin de prendre l'air, et d'uriner aussi. Des courbatures lui tiraient les jambes. Ses mollets, en particulier, lui faisaient un mal de chien. Le froid lui cingla le visage et les mains, électrisant les parcelles de peau nue qui s'offraient à la brise. Le reste de son corps était protégé par la combinaison photovoltaïque, qui avait accumulé de la chaleur durant la journée. Et puis il portait une bonne couche de sous-vêtements isothermes.

Les étoiles brillaient au-dessus de lui. Il reconnut Jupiter, bien nette, très lumineuse. En inclinant le regard vers l'est, il vit une demi-sphère à l'éclat plus doux et bleuté. La Terre. Enfin, seulement un croissant de Terre, mais ce n'était déjà pas si mal. Il avait vécu là-bas jusqu'à l'âge de quatre ans. Les souvenirs de sa planète natale restaient flous, morcelés, et sans doute un brin idéalisés : des arbres, des jardins, beaucoup de verdure…

Il urina un peu plus loin. Il avait si froid qu'il pensait que le liquide gèlerait avant même de toucher le sol, mais il n'en fut rien.

Il se sentait mieux, les derniers miasmes de son cauchemar se dissipaient, balayés par l'air vif de la nuit.

Qu'est-ce qu'on va trouver, dans cette foutue Citadelle ?

Toujours la même question.

D'une certaine manière, l'angoisse lui paraissait plus difficile à gérer que la fatigue. Guidé par Russel, il avait l'impression qu'il pourrait marcher jusqu'à ce qu'il « gèle en enfer » (expression qui, soit dit en passant, offrait une définition correcte de Mars). Le hic, c'était que, en marchant, on pouvait réfléchir sans entraves à tout un tas de trucs. Des trucs pas forcément rigolos. Les mauvaises pensées avaient le chic pour revenir vous titiller par l'oreille gauche une fois que vous les aviez chassées par la droite !

Cécilia et ses parents, encore et toujours...

Il ravala sa salive et ses idées noires.

L'aube n'allait pas tarder à se lever. Déjà, un liseré violacé découpait les arêtes rocheuses. S'il voulait être d'attaque pour la dernière ligne droite, il avait intérêt à ne pas trop cogiter et à retourner se coucher.

Ce qu'il fit.

Le soleil n'avait pas encore atteint son zénith.

Les fragments de roc qui parsemaient le sol projetaient des ombres dures, des îlots de noirceur sur la plaine saupoudrée de rouille.

Quatre hommes et deux femmes marchaient dans ce décor hors du temps. Le robot, lui, roulait à son rythme. Il louvoyait entre les roches de taille variable, dispersées au hasard.

— On approche, lança Russel. Je suis sûr que la ville est derrière cette crête, là-bas ! Courage !

Il avait décidé d'assumer son rôle de leader jusqu'au bout. Il ne l'avait pas prémédité. C'était arrivé progressivement, de manière naturelle, au fur et à mesure que leur situation se dégradait. Dire qu'une semaine plus tôt il était encore le larbin du groupe...

— Regardez, fit Hallahan.

Un mur de poussière se dressait à l'horizon.

— Une tempête de sable !

— Non, c'est autre chose, dit la météorologue.

Quoi que ce fût, cela se rapprochait.

— On dirait une invasion de sauterelles, ou de grillons, lâcha Russel.

Il avait déjà assisté à ce type de phénomène en Afrique. Ces images dantesques avaient durablement marqué sa mémoire.

— Qu'est-ce que c'est que ce truc ? glapit le mécano.

— *Le souffle de Mars*, répondit Hallahan d'une voix d'outre-tombe.

Pour une fois, il avait laissé sa bonne humeur au vestiaire. Instinctivement, le groupe se resserrait. La peur se lisait sur les visages.

— On fait quoi ?

— Montons la tente en vitesse…

— On n'aura pas le temps.

Le vent avait forci et soufflait dans leur direction. La chose arrivait sur eux. Frances se rapprocha de Russel et prit sa main. En un instant, ils furent enveloppés par une chape gris sombre qui tourbillonnait comme une tornade.

— Qu'est-ce que c'est que ce truc ? cria de nouveau Russel.

Ce n'était ni du sable, ni de la poussière, ni de la poudre.

— On dirait des cendres, coassa Hallahan, la gorge sèche.

Pour Brimley, ce fut le signal de l'hystérie.

— Je vous avais prévenus ! s'exclama-t-il. *Je viendrai à toi dans l'épaisseur de la nuée, dit Yahvé à Moïse, afin que le peuple croie en toi pour toujours !*

Les particules gris foncé dansaient une folle sarabande autour d'eux, se déposaient sur leurs vêtements, leurs cheveux, leurs lunettes. Paralysés, ils osaient à peine respirer à travers leur groin filtrant. Seul le géologue n'avait pas perdu sa voix. Son délire croissait dans une intensité proportionnelle à celle de la tempête :

— C'est le jugement dernier ! *Alors, je vis un grand trône blanc et celui qui y siégeait : devant sa face, la Terre et le Ciel s'enfuirent sans laisser de traces. Et je vis les morts, les grands et les petits, debout devant le trône, et des livres furent ouverts* (il brandissait sa bible vers les cieux tourmentés). *Le Livre de la Vie, et les morts furent jugés selon leurs œuvres, d'après ce qui était écrit dans les livres !*

— Coupez-lui le courant ou coupez-lui le sifflet ! cracha Russel.

— Nous sommes maudits, je vous l'avais dit ! L'œil du Malin est sur nous ! *Ils sont tous morts à la Citadelle, et nous allons mourir nous aussi !*

Ce fut Keith qui craqua le premier. Tremblant de rage, il décocha un fulgurant crochet du droit qui cueillit l'ancien militaire à la mâchoire, juste sous son groin protecteur. Brimley tomba les fesses dans le sable en écarquillant les yeux.

— Vous allez la fermer, votre gueule ?

Tout le monde en resta bouche bée. On n'avait pas l'habitude d'entendre le « petit » stagiaire élever la voix. Il colla son visage tout contre celui de Brimley.

— Vous êtes cinglé ! rugit-il. Est-ce que vous réalisez ça ? Vous êtes complètement givré ! Alors taisez-vous !

Le géologue voulut se relever pour frapper l'ado. Russel et Hallahan les séparèrent avant que l'irréparable ne fut commis. Un coup de poing de trop, et un respirateur pouvait très bien se détacher du visage de son porteur.

— Calmez-vous ! On n'a pas besoin de ça en plus !

Keith se ressaisit. Sa respiration devint moins saccadée. Il regrettait d'être sorti de ses gonds.

Ils sont tous morts, à la Citadelle, et nous allons mourir nous aussi !

Il n'avait pas supporté d'entendre ses pires craintes formulées à haute voix. Bien sûr, les autres membres de l'équipe avaient des amis et des collègues à *Bradbury*. Mais, avec

Cécilia et ses parents, c'était Keith le plus « concerné », et de loin. La fatigue et l'angoisse larvée prélevaient leur dû sur son système nerveux.

Et puis il y avait cette tornade surréaliste. Une tempête de fin du monde !

— Relax, garçon, le calma Russel derrière son masque. On est avec toi. *Keep cool...*

Il tapota l'épaule de l'adolescent. Celui-ci hocha la tête pour bien montrer qu'il avait pigé. Il serrait encore les poings, mais toute envie de bagarre l'avait abandonné. En fait, il se sentait honteux. Il n'aimait pas se donner en spectacle.

Hallahan avait déjà libéré Brimley, qui fixait ses pieds, immobile, caparaçonné dans son mutisme.

— Le vent se calme, annonça Laurence Turman.

Elle disait vrai. Le ciel réapparaissait petit à petit. On y voyait plus clair, à présent.

Le tapis de cendres (mais était-ce bien des cendres ?) glissait sur la plaine, comme des feuilles mortes poussées par la brise.

— Allons-y, dit Russel avec détermination.

Ils repartirent, aiguillonnés par l'angoisse. Qu'y avait-il derrière l'horizon ? Une ville calcinée ? Des bûchers funéraires ? Autre chose ?

Ils croyaient être assez proches, mais la perspective se révéla vite trompeuse. La crête reculait à mesure qu'ils avançaient. Elle paraissait toujours à la même distance et jouait avec leurs nerfs. Ils avaient soif. Leurs gourdes étaient vides. Leur langue gonflait, les gênait pour respirer. Ils salivaient en abondance dans le but de s'humecter la gorge, ce qui revenait à essayer d'irriguer avec une éponge un oued asséché. Mettre un pied devant l'autre, encore et toujours. Il n'y avait plus que ça à faire. La réponse à toutes leurs questions était là, droit devant. Ils la touchaient presque.

Enfin, ils gravirent la colline et s'alignèrent à son sommet, silencieux, le souffle saccadé.

Le dôme de *Bradbury* scintillait sous les rayons du soleil matinal. On eût dit une cloche à fromage géante. La centrale de terraformation se dressait toujours derrière la ville. Les deux semblaient intactes.

— Qu'est-ce ça veut dire ? dit Russel dans un murmure ténu.

DEUXIÈME PARTIE

Le silence du prisonnier

Il me semble que les gens sont piégés dans ce monde. À cause des circonstances, de l'environnement ou d'eux-mêmes.

John Carpenter

II

Ils franchirent les deux derniers kilomètres à pas mesurés. Ils étaient sur leurs gardes. Plus ils s'approchaient, plus leur malaise prenait de l'épaisseur.

— Il y a quelque chose qui ne tourne pas rond, marmotta Hallahan.

Il exprimait un sentiment partagé par tous. Même le robot semblait inquiet. Sa tête n'arrêtait pas de pivoter sur son axe à la recherche d'indices, d'éléments à analyser.

D'habitude, les alentours de la Citadelle grouillaient d'activité : géologues effectuant leurs relevés, ouvriers besogneux en train de forer le sol, Jeeps d'exploration ou patrouilleurs se livrant à une noria ininterrompue… Ce ballet étrange et frénétique rappelait celui des fourmilières ou de toute autre société d'insectes organisée.

Mais là, pas un mouvement. Le silence.

— Tout cela ne me dit rien qui vaille, grinça Russel entre ses dents.

Et on n'est même pas armés, pensa-t-il.

— Là, glapit Frances.

Elle montrait des petites formes qui glissaient le long du dôme. Il s'agissait des robots rémoras, qui étaient programmés pour nettoyer la vitre en transpacier. Ils avaient la forme d'aspirateurs de table et mesuraient cinquante centimètres. Quoi qu'il se fût produit dans la ville, ils poursuivaient leur labeur avec une conscience professionnelle admirable.

Le groupe d'humains entra dans l'un des nombreux sas qui ceignaient la base du dôme. La porte blindée se referma derrière eux avec un bruit sinistre. De l'air sortait des murs en sifflant. Ils enlevèrent leurs lunettes.

Le moment de vérité, songea Russel.

Il était sur le point de retirer son respirateur lorsque, par acquit de conscience, il jeta un œil à son bloc-poignet.

— Ho ho… Attendez, gardez vos masques.

— Hein ?

— Quoi ?

— J'ai dit : gardez vos masques !

Les taux de protoxyde d'azote et de cyclopropane étaient anormalement élevés. Sans les respirateurs, ils risquaient de tomber en syncope.

— C'est un mélange mortel ? s'inquiéta Keith.

— Non, c'est grosso modo celui qu'on utilise pour les anesthésies, répondit Hallahan.

— Gardez les masques, répéta Russel, décidément très mère poule.

Ils attendirent.

L'ancien guide surveillait Brimley du coin de l'œil. Ce dernier se tenait à l'écart depuis le coup de gueule (et le coup de poing) de Keith. Il serrait sa bible contre sa poitrine, silencieux, et observait les autres avec ses petits yeux de fouine. Son air haineux ne laissait rien présager de bon.

Russel regarda de nouveau son bracelet. Les gaz stagnaient dans les mêmes proportions.

— Le mélangeur d'air est sans doute déréglé, risqua Laurence Turman.

— J'espère qu'il ne s'agit que de cela, répliqua le mécano.

Il tapa un code sur le boîtier mural, en face d'eux, et la porte intérieure du sas coulissa, laissant apparaître l'avenue Kim-Stanley-Robinson en enfilade.

Elle était déserte.

La gorge de Frances se serra. Cette image lui rappelait son cauchemar.

Personne dans les rues. Les rues « mortes ».

Malgré la sourde appréhension qui les taraudait, ils avancèrent. La curiosité l'emportait sur la peur.

— Y a quelqu'un ? coassa Frances. Héhooo !

Le silence pour toute réponse.

Ils s'engagèrent dans la longue avenue. Leurs bruits de pas résonnaient comme dans une cathédrale. Ils remplirent leurs poches à eau à la première fontaine venue. Au moins un problème résolu. Leur soif apaisée, ils se remirent en marche.

Les doigts du soleil traversaient le verre polarisant pour venir caresser le toit des immeubles et les massifs de végétation qui bordaient les trottoirs roulants (arbres et parterres fleuris étaient censés briser la rigueur aseptique des bâtiments, d'immenses cubes qui se ressemblaient comme deux gouttes d'eau). Keith passait les rangées de fenêtres en revue dans l'espoir de voir surgir une tête ou une silhouette.

Cécilia, où es-tu ?

Un curieux fantasme s'imposa à son esprit. La cité tout entière lui paraissait factice. Un vrai décor de studio, avec ses façades en trompe l'œil, ses devantures bidon soutenues par des échafaudages. Un metteur en scène allait crier « Action ! » d'une seconde à l'autre. Les figurants sortiraient de leurs cachettes, envahiraient les rues. Oui, il s'agissait d'une bonne blague manigancée par les chaînes d'holovision locales ! La caméra invisible, en quelque sorte !

Les plaisanteries les meilleures sont les plus courtes, grinça intérieurement Keith. *Stop, ça suffit !*

Il secoua la tête en émettant un petit rire nerveux.

Son cœur battait vite et fort. Il transpirait, bien que la température ne fût pas spécialement élevée. Une sueur glacée se frayait un chemin entre ses omoplates, humidifiant son tee-shirt isotherme. À mesure qu'il remontait l'avenue, les scénarios tout prêts qu'il avait élaborés durant le voyage s'éliminaient un par un. Tout cela n'avait aucun sens.

Un papier journal déchiré voletait au ras du sol. On eût dit un de ces buissons du désert qui roulaient sans fin dans les anciennes villes du Far West. Les villes fantômes ! Ce détail rappela à Keith la présence des ventilateurs géants. Ils simulaient une douce brise, de la même façon que des boîtiers parfumés distribuaient des senteurs bucoliques un peu partout dans *Bradbury*. Ces petits plus psychologiques amélioraient grandement la qualité de vie.

Sauf que la vie avait déserté la cité.

L'adolescent parut hésiter, puis il dit :

— Je... J'habitais dans cette rue, à droite, avec mes parents. Je pensais que, peut-être...

— On va y faire un tour, acquiesça Russel, qui comprenait très bien où son protégé voulait en venir. On reste ensemble. Mieux vaut ne pas se séparer.

— Sages paroles, fit Hallahan, pensif.

Ils prirent la rue Arthur-Clarke, aussi vide et abandonnée que ses voisines.

— C'est ici, au numéro 12, indiqua Keith.

Russel se tourna vers Nestor.

— Tu nous attends, tu ne bouges pas, ordonna-t-il comme s'il parlait à un chien.

Le robot cligna deux fois de ses senseurs optiques, sa manière à lui de montrer qu'il avait compris.

Ils montèrent dans l'élévateur. Au moins, les installations électriques fonctionnaient encore.

Donc, il doit y avoir du personnel à la centrale, réfléchit Russel.

Mais ces installations étaient-elles entièrement automatisées ou bien requéraient-elles un minimum de présence humaine ? Il ne parvenait plus à s'en souvenir.

L'ascenseur s'arrêta au trentième étage. Ils empruntèrent un couloir blanc cassé, avec des portes de chaque côté, aussi impersonnel qu'un couloir d'hôtel. Keith glissa son digipasse dans la fente appropriée. La porte de son appartement s'ouvrit. Il entra le premier, le cœur battant plus vite que jamais. L'endroit était de taille modeste mais décoré avec goût. Des petites touches typiquement féminines (bouquets, napperons, bibelots importés de la Terre) humanisaient l'ensemble. Il y avait deux chambres, une salle de bains commune, un salon-salle à manger ainsi qu'une kitchenette.

Et aucune présence vivante.

L'adolescent exhala un soupir de déception. Des larmes vinrent picoter ses yeux. Il dut se détourner pour essuyer vivement les deux perles salées qui menaçaient de couler sur ses joues.

— La table du petit déjeuner est encore mise, observa Hallahan. Les verres et les bols de céréales ne sont qu'à moitié remplis.

Frances frémit. Tout cela lui rappelait les histoires de bateaux fantômes qu'elle avait entendues lorsqu'elle était gamine. Ces légendes, pour la plupart, tournaient autour du triangle des Bermudes. On retrouvait des navires vidés de leurs équipages, avec des cigarettes à demi consumées dans les cendriers, des marmites encore tièdes sur le four, ce genre de choses… comme si tout le monde s'était volatilisé en un clin d'œil.

Ils forcèrent la porte de trois autres appartements sur le même palier. À chaque fois, un spectacle identique.

— On dirait que ces gens ont été interrompus dans leurs tâches quotidiennes, hasarda Laurence.

— Ils ont peut-être entendu une alarme, commença Frances. Oui, c'est ça… l'alarme de l'évacuation. Peut-être qu'un cargo les a rapatriés sur Terre en catastrophe.

Si c'était le cas, pourquoi cette fuite précipitée ? Cette hypothèse posait autant de questions qu'elle en résolvait.

Russel repensait aux paroles du pilote de la navette.

Ils sont devenus fous…

Il avait dit un truc à propos de l'air, également… Un empoisonnement massif ? Alors, où se trouvaient les corps ?

— Je propose qu'on aille au bâtiment central, trancha le mécano.

Le « cube administratif », comme on le surnommait, abritait les principaux organes de gestion de la ville. Russel poursuivit :

— Si les autorités ont déclenché le plan d'évacuation d'urgence, il doit bien en rester une trace quelque part dans leurs fichiers.

— Très bonne idée, renchérit Hallahan.

Frances et Laurence opinèrent de concert. Keith et Brimley semblaient abattus, amorphes, mais pas pour les mêmes raisons.

— Allez, on met les voiles, les pressa Russel.

Ce n'était pas le moment de sombrer dans la déprime.

En tout cas, pas encore…

12

Ils rejoignirent l'avenue KSR, Nestor sur les talons, passèrent devant des terrasses de café désertées, des magasins abandonnés. Le regard opaque des mannequins, dans les vitrines, leur donnait froid dans le dos. Frances ressassait les images de son cauchemar. Elles revenaient en flashs effrayants, instantanés figés d'une population figée.

La boutique du vendeur de glaces égrenait une mélodie enfantine supposée être joyeuse. Le thème principal revenait en boucle. Au milieu de ce grand silence, le caractère répétitif de la musique lui donnait des accents névrotiques, obsessionnels.

— Il y a quelqu'un qui nous suit, dit Wilford Brimley en sursautant.

Les autres se retournèrent, persuadés que leur compagnon était reparti dans l'un de ses délires paranoïaques. Mais tel n'était pas le cas. Une silhouette venait d'apparaître à un carrefour, quarante ou cinquante mètres derrière eux. Il ne s'agissait pas d'un humain, comme en témoignaient ses contours trop lisses, ses angles trop droits, et l'évidente rigidité de sa posture.

— Un robot, murmura Russel.

— Un ouvrier, précisa Hallahan. Modèle KD4, si je ne m'abuse.

Bientôt, la créature de métal fut rejointe par un, puis deux nouveaux congénères. Russel reconnut un robot terrassier et un robot balayeur. Dans la cité, la majorité des travaux d'entretien incombait aux auxiliaires mécaniques.

— Qu'est-ce qu'ils nous veulent ? grogna Laurence.

— Ils attendent peut-être de nous des ordres, de nouvelles tâches à accomplir, hasarda Hallahan. Dieu sait depuis combien de jours ils sont livrés à eux-mêmes.

— Dommage qu'on ne les ait pas dotés de la parole, soupira Frances. Je suis certaine qu'ils auraient eu plein de choses à nous dire.

— Moi, je les trouve flippants, déclara Keith.

Le groupe de robots grossissait. Maintenant, ils devaient être une dizaine. Il y avait trois ou quatre modèles à chenilles, comme Nestor. Les autres étaient bipèdes. On pouvait les différencier soit par leur couleur (principalement des couleurs primaires), soit par leur équipement : fer à souder, marteau piqueur, pelle, pioche, truelle, chalumeau, etc. L'accessoire induisait la fonction. En moins de cinq minutes, trente nouveaux robots arrivèrent. Il émanait de cette assemblée mécanique une froide hostilité. Le calme avant la tempête.

— Je n'aime pas ça, marmonna Russel. Je n'aime pas ça du tout…

Les phrases énigmatiques du pilote tournaient dans sa tête, comme un carrousel pris de folie.

Ils nous ont attaqués. Ils sont devenus fous.

Ce pauvre gars parlait-il des robots ?

Pas évident. Le mécano ignorait le nombre exact des « tas de boulons » qui travaillaient à *Bradbury*, mais il n'y avait pas de quoi fomenter une révolution.

S'ils sont cent cinquante, c'est le bout du monde…

Il avait peine à croire que cent ou cent cinquante mécaniques aient pu venir à bout d'un millier d'humains. D'autant plus que les gens de la sécurité étaient armés jusqu'aux dents.

— Ne restons pas ici, on va finir par prendre racine, dit-il après un long moment, plus perplexe que jamais.

Nestor et ses maîtres se remirent en mouvement. Ils jetaient des regards derrière eux. Les créatures métalliques les suivaient, mais pas trop vite. Elles gardaient leurs distances. À chaque carrefour, de nouvelles recrues venaient grossir les rangs de cette singulière procession.

— Je parie qu'il y en a au moins soixante-dix, commenta Frances.

Russel marqua une pause, juste pour voir. Les robots s'arrêtèrent, interdits. Il fit encore trois pas. Les « tas de ferraille » l'imitèrent.

— À quoi jouent-ils, bon Dieu ? À *Simon says** ?

— On dirait qu'ils nous escortent, suggéra Hallahan.

Brimley murmura une phrase où il était question « d'envoyés du démon », mais personne ne lui prêta attention.

Ils repartirent, suivis par les robots.

Ce petit manège se prolongea jusqu'à l'entrée du bâtiment central. La foule mécanique s'arrêta au milieu de la grande place. Ses effectifs avaient dépassé la centaine, ce qui la rendait encore plus menaçante. Elle ne bougea pas lorsque l'équipe de *Burroughs* gravit la volée de marches qui menait au perron.

Nestor les suivit en empruntant la glissière latérale, réservée aux handicapés. Il avait choisi son camp et préférait rester avec les humains. Ces derniers pénétrèrent dans le hall immense qui formait la majeure partie du rez-de-chaussée. L'endroit ressemblait à l'accueil de n'importe quelle grande

---

* *Simon says* est l'équivalent anglo-saxon de notre « Jacques a dit… ».

administration terrienne. Il y avait des guichets, des banquettes, quelques plantes artificielles ainsi qu'une batterie d'ascenseurs. Le sol était carrelé de blanc et propre. Pas de trace de sang. S'il y avait eu des combats ici, quelqu'un avait fait le ménage, très consciencieusement.

Russel et Keith refermèrent derrière eux les vantaux de la porte à double battant.

— On se sent déjà un peu plus en sécurité, lâcha le mécano en se livrant à une rapide inspection des cloisons.

Petit coup d'œil au bloc-poignet. Russel se retint de proférer un gros mot. Même à l'intérieur du bâtiment, l'air était saturé d'azote et de cyclopropane. Les immeubles de cette taille avaient souvent leur propre mélangeur d'air, de la même façon qu'ils bénéficiaient d'une climatisation autonome. Mais depuis quelle salle opérait-on ces ajustements ?

En désespoir de cause, l'ancien guide soupira :

— Descendons au sous-sol.

— Qu'est-ce qu'il y a au sous-sol ? questionna Keith.

— Les quartiers de la police. Ils m'intéressent à plusieurs titres : caméras de surveillance, ordinateurs… et armurerie.

— Armurerie ? s'étonna Laurence. Qu'est-ce que vous voulez faire avec des armes ?

— Hum, disons que… je me sentirai un peu moins nu !

13

Le central de sécurité, au niveau – 1, se composait de plusieurs pièces contiguës : bloc des cellules, bureau du *marshal*, salle des interrogatoires, salle de contrôle. Les rescapés de *Burroughs* choisirent d'aller dans cette dernière. D'habitude, il fallait montrer patte blanche pour passer d'une section à l'autre. Mais là, il n'y avait aucun garde pour vérifier les badges des « intrus ».

Russel avisa un râtelier d'armes où s'alignaient bien sagement une demi-douzaine de fusils à pompe. Il en prit un, fit jouer la culasse.

— Voilà exactement ce qu'il me faut.

Les autres s'étaient approchés d'un mur d'écrans vidéo. Ce patchwork d'images offrait une vue assez exhaustive des artères de la cité. Elles étaient vides, bien entendu, la place centrale exceptée. Les robots se dispersaient, tout en restant à proximité du bâtiment administratif.

— On dirait qu'ils nous encerclent, soupira Hallahan. Qu'est-ce que ça veut dire ?

— Vous ne comprenez donc rien ?

C'était Wilford Brimley qui venait de parler.

— Ce sont les envoyés du démon, reprit-il. Ses suppôts… L'antéchrist est parmi nous. L'heure du jugement dernier a sonné. Il est encore temps de vous repentir, vous savez ?

Il s'exprimait sur le ton de la patience contrôlée, comme s'il s'adressait à de jeunes enfants un peu attardés. Cependant, la petite flamme qui dansait au creux de ses prunelles contredisait son calme apparent.

— Arrêtez ça, dit Russel d'un ton sans appel.

Vexé, le géologue s'éloigna jusqu'à un angle de la pièce et se laissa glisser au sol, dos contre le mur. Il ouvrit sa bible et commença à lire, silencieux, en ignorant royalement la présence de ses compagnons. Nestor, déconcerté, roula jusqu'à l'humain isolé pour voir s'il n'avait besoin de rien.

— Arrière, abomination ! s'écria l'ancien militaire.

Le robot recula d'un mètre, dubitatif.

Les autres reportèrent leur regard sur la console de surveillance.

Russel effleura un écran tactile.

— Voyons voir si on peut trouver quelque chose dans la mémoire de cette… Hééé !

Il fit un bond en arrière.

— Waouh, je viens de me prendre une de ces décharges !

L'écran affichait un mot unique :

ENFIN.

— Enfin quoi ? glapit Frances.

L'écran répondit instantanément :

ENFIN, VOUS VOUS CONNECTEZ.

Une fenêtre « boîte de dialogue activée » venait d'apparaître dans le bord inférieur droit du cadre.

Les cinq rescapés se lancèrent des regards interloqués. Russel frottait sa main encore parcourue de picotements. Keith entrouvrait la bouche derrière son groin filtrant. Frances et Laurence fronçaient les sourcils. Hallahan s'avança légèrement, en se gardant bien de toucher la console. Il croisa les bras et demanda :

— Qui êtes-vous ?

LE DORMEUR.

— Le Dormeur ?

OUI.

— Qu'est-ce que c'est que ces conneries ? aboya Russel.

Hallahan lui fit un petit geste qui signifiait quelque chose comme « attendez, pas de précipitation ».

— Êtes-vous un homme ? questionna-t-il sur sa lancée.

NON.

— Une femme ?

NON.

— Une intelligence artificielle ?

NON. JE SUIS...

Il y eut une pause, puis :

NON. JE SUIS LE DORMEUR.

— On tourne en rond, s'énerva Russel.

Il n'était pas d'humeur à faire mumuse avec un ordinateur déréglé. Ce dialogue l'exaspérait d'autant plus que ses camarades semblaient presque hypnotisés. Contrairement à lui, ils avaient l'air authentiquement troublés.

— Laissez-moi essayer quelque chose, proposa Frances. (Elle se tourna vers leur interlocuteur virtuel.) Qui vous a réveillé ?

JE NE SAIS PAS. J'AI DORMI LONGTEMPS.

— Combien de temps ?

LONGTEMPS.

— Pourquoi ?

J'ÉTAIS EN...

Encore une pause.

J'ÉTAIS EN PRISON.

— En prison ? s'esclaffa Russel. C'est quoi, ces salades ? Bon, allez, la plaisanterie a assez duré, je…

— Attendez, attendez, intima Hallahan, de plus en plus intéressé. (Il se pencha vers l'écran, comme s'il cherchait à recueillir une confidence.) Qui vous a mis en prison ?

LES ANCIENS.

— Pourquoi ?

PARCE QUE J'ÉTAIS.

Russel s'affala lourdement sur un siège à roulettes. Une désagréable certitude l'envahissait : ils se laissaient mener en bateau par un farceur ou par un cinglé. Ou par les deux en même temps.

Keith, jusqu'ici muet comme une carpe, demanda :

— C'est vous qui avez fait disparaître les habitants de la ville ?

OUI.

Le sang du jeune homme se glaça d'effroi.

— Pourquoi ?

J'AI CRU QU'ILS ÉTAIENT LES ANCIENS.

— Que… Qu'est-ce que vous leur avez fait ?

ENDORMIS.

L'espoir gonfla le cœur de Keith comme le vent gonfle une voile. *Cécilia ! Mes parents !*

— Endormis, c'est tout ?

PUIS TUÉS.

Ces mots semblaient irréels, dépourvus de substance. Et pourtant…

Wilford Brimley brisa le silence :

— Ah, je vous l'avais bien dit ! postillonna-t-il en se redressant d'un seul coup. Cette créature est démoniaque, elle…

Russel lui expédia un coup de crosse dans le ventre. Le géologue tomba à genoux, plié en deux. Il n'y eut personne pour le plaindre ou l'aider à se relever. Dégoûté, il battit en retraite dans son coin. Son visage osseux et pâle semblait flotter dans la demi-pénombre. On eût dit un ballon. Le mécano n'était pas fier de son geste, mais il n'avait aucune envie d'écouter les élucubrations d'un illuminé. Surtout pas maintenant. À vrai dire, il ne savait plus très bien à quel saint se vouer. L'autre « farceur », quelle que soit son identité, commençait à lui faire peur. Très peur.

Keith plissa les yeux en direction de l'écran.

— Que… qu'est-ce que vous avez fait des corps ? coassa-t-il.

BRÛLÉS.

Le choc ébranla les six humains. Ils repensèrent à la tempête, tous en même temps.

C'étaient bien des cendres...

Keith, les jambes en coton, tremblait comme une feuille. Des papillons noirs dansaient devant ses yeux. Un arrière-goût de bile emplissait sa bouche. Tout ce chemin parcouru pour découvrir… l'abomination. Il n'arrivait pas à y croire.

— Que… qu'est-ce que vous voulez ? finit par articuler Laurence Turman, dont la paupière gauche était agitée d'un tic nerveux.

CONTACTEZ LA TERRE.

— Pourquoi ?

POUR QU'ILS ENVOIENT UN VAISSEAU.

— Contactez-les vous-même, cracha Russel, puisque vous êtes si malin.

NON. VOUS.

Après une poignée de secondes :

S'ILS VOUS VOIENT, ILS VIENDRONT PLUS VITE. CONTACTEZ LA TERRE. S'IL VOUS PLAÎT.

— S'il vous plaît ? railla le mécano. Oh, mais oui, bien sûr, puisque tu le demandes si gentiment, on va faire tout ce que tu veux, mon pote !

Hallahan lui jeta un regard oblique, chargé de reproches, et fit un nouveau geste pour le tempérer. Russel inspira un bon coup et ravala ses sarcasmes.

— Pourquoi avez-vous besoin d'un vaisseau ? questionna le doyen du groupe.

ALLER SUR TERRE.

Hallahan déglutit :

— Pour y faire quoi ?

ME DÉVELOPPER, CROÎTRE, PROSPÉRER.

Nouvelle pause :

CONTACTEZ LA TERRE. S'IL VOUS PLAÎT.

— Sinon ?

VOUS MOURREZ.

Pendant quelques instants, personne ne prononça le moindre mot. Puis Frances trouva le courage de poser la question qui lui chatouillait l'esprit depuis un bout de temps :

— C'est vous qui contrôlez les robots ?

OUI.

— Comment faites-vous ?

JE LEUR PARLE. ILS M'ÉCOUTENT.

— On patauge en plein délire ! explosa Russel. C'est n'importe quoi !

— Vous pouvez prouver ce que vous avancez ? demanda Hallahan.

OUI.

Un vrombissement se fit entendre dans leur dos. Tous se retournèrent pour voir Nestor qui fonçait sur le pauvre Brimley, pétrifié. Les pinces du robot se transformaient en de véritables broyeuses. Ouvertes à cent quatre-vingts degrés, elles tournaient aussi vite que le rotor d'un hélicoptère. Le géologue, acculé contre le mur, cherchait à se protéger avec sa bible. Russel appuya sur la détente de son arme. Cela lui brisait le cœur de tirer sur Nestor, mais il n'avait pas le choix.

— Merde !

Le fusil était enrayé.

Les pinces déchiquetèrent les pages du livre sacré, puis la combinaison de Brimley, avant d'attaquer les chairs !

Laurence Turman hurla en écho au cri du géologue pendant que Russel décrochait un autre *shotgun* du râtelier. Keith souleva une chaise et frappa Nestor. Brimley se contorsionnait sur place, agité de soubresauts. Son sang aspergeait les murs.

— Pousse-toi, p'tit ! cria Russel.

Keith plongea. Le premier coup de feu déboîta la tête du robot, qui prit une inclinaison bizarre. Le second le décapita dans un festival d'étincelles et de shrapnels. Il bascula sur le côté. Ses chenillettes tournaient dans le vide. Sans transition, elles s'arrêtèrent.

Les humains étaient sous le choc. Après la giclée d'adrénaline, ils se sentaient vidés. Ils avaient l'air de cinq somnambules mal réveillés, désorientés, perdus. Laurence Turman tomba à genoux, secouée de sanglots. Frances s'accroupit à côté d'elle et la prit dans ses bras. Hallahan, les yeux exorbités, s'épongeait le front avec un mouchoir. Russel ne bougeait plus. Seul son torse, qui se bombait et se rétractait lentement, prouvait qu'il respirait encore. Keith se releva. Il pataugeait dans le sang, et dut faire un gros effort sur lui-même pour ne pas vomir. Il ne restait pas grand-chose de Wilford Brimley.

L'écran reprit vie :

Contactez la Terre. S'il vous plaît. Contactez la Terre. S'il vous plaît. Contactez la Terre. S'il vous plaît. Contactez la Terre. S'il vous plaît. Contactez la Terre. S'il vous plaît. Contactez la Terre. S'il vous plaît. Contactez la

Terre. S'il vous plaît. Contactez la Terre. S'il vous plaît. Contactez la Terre. S'il vous plaît. Contac...

— Va te faire voir ! hurla Russel.

Et il abattit sa crosse sur la console en frappant, encore et encore, jusqu'à ce que le message disparaisse.

14

Plus personne ne parlait. Le seul bruit de fond était le doux bourdonnement des ordinateurs. Laurence avait cessé de pleurer, mais demeurait prostrée. Russel se grattait la barbe. Son hypothèse du farceur, de la mauvaise blague, avait pris du plomb dans l'aile. Il ne portait pas spécialement Brimley dans son cœur, mais personne ne méritait une mort pareille.

Il émit un gros soupir, qui couvrit son masque respiratoire de buée.

Quand je pense que c'est moi qui ai insisté pour qu'on emmène Nestor...

Une vague de culpabilité le submergea. Sa colère laissait place à un immense abattement. Et toujours ce sentiment de vide grandissant. Le regard de Keith et celui de Frances exprimaient une vacuité similaire. Seul Hallahan avait l'air encore en état de prendre des initiatives. Ses yeux papillonnaient d'un écran de contrôle à l'autre.

— Ils essaient d'entrer, dit-il d'une voix sans timbre.

— Quoi ?

Le mur d'images offrait un spectacle peu réjouissant, kaléidoscope de mouvements, de reflets métalliques. Les robots s'attaquaient à la porte du hall ainsi qu'aux fenêtres à grand renfort de barres de fer, de chalumeaux ou de marteaux-pilons.

Ils sont devenus fous. Ils nous ont attaqués...

Un holofilm se projetait tout seul dans la tête de Russel. Un film d'horreur.

Le Dormeur commande aux machines, c'est entendu. À son réveil, il n'est visiblement pas de très bonne humeur. Il anesthésie tout le monde, ou presque, en jouant sur le mélange des gaz. Puis les robots s'occupent de ceux qui avaient eu le temps (ou la présence d'esprit) d'enfiler un masque. Le pilote s'enfuit et...

Il connaissait la suite.

— Mon Dieu, gémit Frances.

— Ne paniquons pas, déclara Hallahan. La porte est blindée et le transpacier des fenêtres devrait tenir le coup un bon moment...

— Merde ! glapit Russel. L'entrée du garage !

— De quoi parlez-vous ?

— Le commissariat donne sur un garage, au sous-sol ! On n'a pas pensé à cette entrée-là.

Le mécano éjecta les douilles fumantes de son fusil avant d'y glisser deux nouvelles cartouches. Hallahan et Keith s'équipaient, de leur côté, en armes et en munitions. Frances hésitait à imiter les garçons.

— Restez ici, lui conseilla Russel.

— Ce n'est pas le moment de jouer les machos, grinça-t-elle en retour.

— On a besoin de quelqu'un pour nous tenir au courant de ce qui se passe sur les écrans.

Il y avait bien Laurence, mais elle semblait frappée de stupeur, incapable de digérer la mort de Brimley.

Frances hocha la tête.

— OK, je reste.

— Merci.

Les trois hommes sortirent de la pièce au pas de course.

Russel guida ses amis à travers un dédale de couloirs. Sans s'arrêter de courir, Keith demanda à son mentor :

— Vous êtes déjà venu ici ?

— Ouaip ! acquiesça le mécano. J'ai réparé deux ou trois trucs dans ces locaux, il y a un bail.

La voix craquetante de Frances résonna dans les écouteurs individuels :

— Ils sont entrés !

— Combien ?

— Je ne sais pas. L'image est trop mauvaise. Un petit groupe.

Ils débouchèrent dans le garage souterrain. L'endroit était plongé dans la pénombre. Ils distinguaient la silhouette des véhicules de patrouille, immobiles, attendant qu'une carte de contact leur donnât vie, mais pas grand-chose d'autre. Russel chercha l'interrupteur mural à tâtons et le trouva. Il n'avait aucune envie de combattre dans le noir. Les néons du plafond s'allumèrent en grésillant, par à-coups. Tant pis pour l'effet de surprise.

L'ancien guide pointa du doigt une porte, à l'autre bout de la salle :

— Là-bas.

Cinq robots se suivaient, à la queue leu leu, démarche d'automate et coups d'œil intermittents. Russel ouvrit le feu sans attendre. Keith et Hallahan suivirent son exemple. Le vacarme des détonations était assourdissant. Des corolles de flammes sortaient des armes. L'enfer se déchaînait autour des cinq robots, qui hésitaient sur la conduite à tenir, se cognant les uns contre les autres. Ils finirent par s'effondrer dans un tintamarre de casseroles entrechoquées.

Lorsque la fumée se dissipa, un tapis de douilles jonchait le sol autour des trois humains. Aucun des robots n'avait échappé au massacre.

— crrrr… Vous m'entendez ?… Y a un nouveau groupe qui descend au sous-sol, annonça Frances. On dirait qu'ils se sont passé le mot.

Le trio se précipita vers la porte blindée. Bien sûr, la commande automatique refusait de fonctionner. Déjà, on percevait le cliquetis des assaillants dans le corridor. Russel et Keith s'arc-boutèrent contre le lourd battant et poussèrent de toutes leurs forces.

— Couvrez-nous, Hallahan !

Le scientifique opina du menton. Pas besoin d'être un tireur d'élite pour atteindre les ennemis qui arrivaient sur eux : le couloir ne faisait guère plus de deux mètres de large.

Blam ! Blam ! Blam !

L'élan des robots fut brisé net par ce tir de barrage. Mais plus la porte se refermait, moins on pouvait « arroser » ceux d'en face.

— Allez, p'tit gars, encore un effort ! lança Russel.

Un avant-bras métallique, puis un autre jaillirent dans l'entrebâillement. L'un d'eux était équipé de pinces coupantes, comme Nestor. Les cisailles attaquèrent Russel au niveau de l'épaule. Il hurla et fit un bond en arrière, une main pressée sur sa blessure pour stopper l'hémorragie. Hallahan tira à bout portant sur les deux membres qui tombèrent, tranchés net. Keith poussa de plus belle et le battant s'encastra dans le mur avec un clang retentissant. Le climatologue l'aida à bloquer le verrou hydraulique pendant que, de l'autre côté, les manchots et leurs petits copains tambourinaient comme des fous.

— Voilà une bonne chose de faite, souffla Hallahan en se passant la main sur son front perlé de sueur.

— Russel, vous allez bien ? fit la voix de Frances dans leurs oreillettes. Je vous ai entendu crier…

Elle paraissait vraiment inquiète. Le mécano ne put s'empêcher de grimacer un sourire. Elle était inquiète… pour lui !

— Tout va bien, la rassura-t-il. Juste une égratignure.

En vérité, sa peau était sévèrement entaillée. La tache rouge, sur sa combinaison, allait en s'élargissant.

— Retournons à la salle de contrôle, dit-il, conscient qu'il devait se faire recoudre au plus vite.

À cet instant, une série de sons sourds attira leur attention. Des clapets se refermaient. Un ronronnement. On eût dit un appareil électrique en train de se remettre sous tension. Ils pivotèrent sur eux-mêmes et découvrirent un spectacle étonnant : une forme massive, recouverte d'une bâche plastifiée, frémissait de toute sa hauteur (trois bons mètres, quand même).

— Qu'est-ce que c'est que ça ? glapit Hallahan.

Le linceul de plastique glissa au sol, découvrant un robot de forme humanoïde, bâti en hercule, garni de plaques d'acier chromé, d'appendices effrayants, disproportionnés. Il brillait de mille feux, flambant neuf, sous la lumière des néons.

— Un modèle antiémeutes, pensa Russel à voix haute.

Ce n'était pas une pensée très agréable.

Le robot se mit en branle. Keith comprit tout de suite le danger et tira, pendant que ses compagnons engageaient de nouvelles cartouches dans leurs armes. Les balles ricochaient sur le monstre d'acier. Il s'avançait d'un pas lourd, indifférent aux impacts qui mouchetaient sa carapace.

— Séparons-nous ! lança Russel.

Il jeta son fusil par terre et déguerpit. Avec un seul bras valide, il n'arrivait pas à recharger. Des champignons de fumée fleurissaient dans son sillage. Le robot utilisait les mitrailleuses rotatives qui garnissaient ses épaulettes de chrome. Le mécano se jeta derrière un turboglisseur, aussitôt transformé en gruyère. Il se recroquevilla sur lui-même, les tympans douloureux, environné par une pluie d'étincelles.

Shtonc !

Une grenade ovoïde jaillit d'une sorte de tuyère qui terminait le bras gauche du modèle antiémeutes. L'objet rebondit par terre. Une fumée blanche commençait à s'en échapper sous la forme de volutes virevoltantes.

Gaz lacrymogène !

Les respirateurs pouvaient filtrer ce gaz sans problème. Les yeux, en revanche…

Hallahan se cachait comme il pouvait, protégé par un pilier de soutènement. Il cherchait une idée. Sans succès. Keith progressait à quatre pattes pour essayer d'atteindre la sortie de secours, celle par laquelle ils étaient arrivés. Une telle action ne pouvait échapper au détecteur de mouvement du titan. Il chargea en faisant trembler le sol de béton sous ses pieds, et passa tout près d'Hallahan sans même le voir. Courageusement, le scientifique ramassa une barre de fer et frappa de toutes ses forces le dos du robot. Ce dernier expédia le vieil homme sept mètres plus loin d'une simple manchette.

Russel profita de ce répit pour bondir, dopé par l'adrénaline. Il avait repéré un fourgon aux allures de tank, idéal pour ce qu'il avait en tête. Il devait agir vite car ses yeux devenaient rouges et douloureux. Dans moins d'une minute, il n'y verrait plus rien du tout.

Keith esquivait les tirs du robot pendant que le climatologue, sonné, reprenait peu à peu ses esprits. Le brouillard blanc se diffusait tout autour d'eux, mais assez lentement car le parking souterrain était immense.

Russel donna un coup de coude dans la vitre du fourgon côté conducteur. Elle était déjà étoilée, suite à de nombreuses balles perdues, et s'émietta sans discuter. Il entra, se coula dans le siège du pilote. Il avait déjà fait démarrer de nombreux engins sans avoir leur carte de contact, dans sa jeunesse.

Ce genre de trucs, c'est comme d'apprendre à faire du speederbike *; ça ne s'oublie jamais*, songea-t-il en farfouillant dans les fils sous le tableau de bord.

Keith était en mauvaise posture. Le robot avait fini par l'attraper. Il tenait l'adolescent à bout de bras et le soulevait du sol, prêt à lui donner le coup de grâce. La lumière des phares explosa, imprimant les ombres du monstre et de sa proie sur le mur tout proche. Un moteur rugit. Le géant d'acier fit volte-face, lança Keith au loin et braqua ses deux mitrailleuses en direction de l'engin blindé.

Russel appuyait à fond sur l'accélérateur. Il se baissa, une fraction de seconde avant que le pare-brise ne vole en éclats, pulvérisé par des balles de très gros calibre. L'instant d'après, le véhicule lancé à toute allure heurtait le robot de plein fouet et l'écrabouillait contre le béton ! La chose crucifiée émit une plainte électronique. Elle se débattait faiblement. Ses servomoteurs cliquetaient, ses mémoires se débranchaient une par une. Cela dura bien trente secondes. Enfin, ses circuits rendirent l'âme dans un ultime soubresaut.

C'était fini.

Russel se dégagea de l'avant du camion au pare-chocs ratatiné. Il titubait comme un ivrogne. Deux autres silhouettes chancelantes émergèrent du nuage de gaz lacrymogène.

— Ça va ? s'enquit Frances, morte d'inquiétude. Vous êtes en un seul morceau ?

— On est vivants, éluda le mécano.

Pleurant et trébuchant, se soutenant mutuellement, ils se dirigèrent vers la sortie.

15

Psshhhh !

Le pistolet à air comprimé expulsa une dose de liquide bienfaisant dans les veines de Russel. Un engourdissement progressif gagnait son bras. Frances commença à faire les points de suture. Elle arborait un air d'écolière appliquée.

— C'est une belle coupure, dit-elle.

— Ce n'est rien, je vous assure. Une fois, en Arizona, un de mes pitons s'est décroché. J'ai fait une chute de plus de cinq mètres. Fracture ouverte et tout le bataclan.

Il marqua une pause, réalisant qu'il essayait à nouveau de jouer au dur. Chassez le naturel… Elle parut lire dans ses pensées et esquissa un pâle sourire.

Sur les écrans vidéo, l'armée de robots poursuivait le siège du bâtiment administratif. Ils s'attaquaient aux blindages en utilisant divers instruments issus des forges à plasma. Les serrures hydrauliques rougissaient mais tenaient bon. Provisoirement…

— Qu'est-ce qu'on va faire une fois qu'ils seront dans nos murs ? questionna Russel.

Personne ne lui répondit. La journée avait été longue et pénible pour tout le monde. Keith, en particulier, semblait sur le point de craquer. Assis par terre, les jambes repliées contre son buste, le menton sur les genoux, il regardait la cloison d'en face sans la voir. Des images de cauchemar, morbides à souhait, tourbillonnaient dans sa tête. Il essayait de les chasser, mais elles revenaient à l'assaut avec une implacable obstination. Apparemment, Laurence Turman, affalée sur un siège non loin de lui, n'était pas dans un état d'esprit beaucoup plus positif. Elle paraissait complètement hébétée, comme si elle venait de prendre un coup de gourdin sur la tête.

Hallahan, tout au contraire, faisait les cent pas tel un lion en cage, fébrile, nerveux :

— Nous devons détruire la centrale, déclara-t-il après une cinquantaine d'allers-retours.

Frances marqua une pause. Russel leva les yeux de sa blessure.

— Qu'est-ce que vous entendez par « détruire la centrale » ? s'enquit-il.

— Je crois que c'est la seule façon de neutraliser ce… enfin, cette entité.

À en juger par le regard ahuri de ses compagnons, il en avait dit trop ou pas assez. Il choisit de s'expliquer :

— Je ne sais pas exactement ce que représente cette Chose, mais il semblerait qu'elle ait besoin d'une atmosphère dense pour exister et se mouvoir. Mars était sa prison, ne l'oubliez pas. Un monde froid, sans vie, sans atmosphère ou presque. Le Dormeur n'a pas eu vent de notre existence parce que nous étions hors du périmètre d'activité de la centrale ! Et il réclame un vaisseau spatial pour s'enfuir, ce qui signifie qu'il ne peut pas voyager dans l'espace par ses propres moyens. Conclusion : si on fait sauter *Gaïa*, plus de CFC, donc plus d'atmosphère et, par voie de conséquence, plus d'Entité !

Ces paroles ravivèrent une étincelle d'intérêt dans les yeux de Laurence. Sortant de son apathie, elle demanda :

— Vous croyez que Mars n'était pas une planète morte ?

— Oui. L'Entité a parlé d'une prison. Elle était en captivité.

— Personnellement, je n'ai rien pigé à toutes ses salades, intervint Russel. Je ne comprends même pas comment nous avons pu communiquer avec cette Chose ! Cela ne choque personne qu'elle parle anglais ?

— Elle a peut-être sondé nos esprits, hasarda Frances.

— Je crois plutôt qu'elle a eu accès aux banques de données encyclopédiques de l'ordinateur central, avança Hallahan.

Silence.

— Admettons que Mars était une prison pour cette Chose, reprit Laurence, qui essayait de construire un raisonnement cohérent. Alors qui jouait le rôle des geôliers ?

Hallahan haussa les épaules :

— Je ne sais pas, moi. Une race extraterrestre, sans doute. L'Entité a écrit le mot « Anciens », non ?

— Pourquoi l'a-t-on enfermée ? Qu'est-ce qu'elle avait fait de mal ?

— Alors là, vous m'en demandez trop. Les concepts de bien et de mal varient tellement d'une société à l'autre… Elle devait représenter une forme de menace quelconque pour ces extraterrestres. Un pur esprit cherchant à s'incarner ? Une intelligence prédatrice ? Un virus ? Rien de très sympathique, en tout cas… Nous avons vu que cette Chose peut dicter sa volonté aux machines pensantes, mais elle a peut-être d'autres tours dans son sac. Personnellement, je n'ai pas très envie de voir débarquer ce « bestiau » sur Terre. Pas après ce qu'il a fait aux habitants de *Bradbury*… et à Brimley.

Instinctivement, ils tournèrent la tête vers l'angle de la pièce où le géologue avait trouvé la mort. Il ne restait plus qu'une flaque de sang sur le sol ainsi que la carcasse de Nestor. Le corps de Brimley avait été transporté dans une cellule annexe. Il offrait un spectacle trop affreux pour qu'on le garde en permanence sous les yeux.

— En terraformant cette planète, nous avons réveillé le Dormeur, dit Hallahan pour résumer toute l'affaire. Vous connaissez Lewis Carroll : « Nous avons traversé une frontière invisible. Et par mégarde, nous sommes tombés dans un terrier de lapin. »

Russel eut un hoquet teinté d'ironie :

— Moi, ça me fait plutôt penser à *La Belle au bois dormant*... version Lovecraft.

Cette comparaison ne raviva aucun sourire. Les mines étaient graves. Les pensées aussi.

— Et si on essayait de négocier ? risqua Laurence.

— Négocier avec cette saloperie ? s'insurgea Keith, des éclairs dans les yeux. Non, il faut la détruire. À n'importe quel prix !

Après le chagrin, la haine. Un tison ardent brûlait ses entrailles. Tous les êtres qui lui étaient chers avaient été rayés du monde des vivants, comme ça, en un clin d'œil, parce qu'ils avaient eu le malheur de se trouver au mauvais endroit, au mauvais moment !

— Nous ne connaissons même pas les intentions exactes de cette chose, essaya d'argumenter la météorologue.

— Nous en savons assez. Je finis par me demander si Brimley n'avait pas raison : cette entité est le Mal !

— Je ne crois pas qu'elle soit diabolique ou mauvaise, rétorqua Hallahan en se frottant le menton. Elle veut simplement se « développer, croître, prospérer »... comme n'importe quelle forme de vie.

— Le hic, c'est que nous sommes sur son chemin, marmotta Russel. J'ai pas l'impression que la compassion soit sa qualité dominante.

En disant cela, il regardait les écrans vidéo d'un air morne. Les robots continuaient de s'acharner sur les portes et les fenêtres. Tôt ou tard, ils en viendraient à bout.

Le vieux climatologue saisit Keith par les épaules et lui parla sur un ton à la fois chaleureux et ferme :

— Mon garçon, je comprends ce que tu ressens, mais nous devons tenter de rétablir le dialogue avec cette créature. Nous devons en apprendre plus sur elle, ne serait-ce que pour mieux la combattre.

L'adolescent serrait les poings tellement fort que l'on voyait blanchir les jointures de ses doigts. Une veine palpitait sur son front. Il inspira profondément et dit :

— Si vous voulez...

Ils passèrent dans la pièce d'à côté, le bureau du *marshal*, et trouvèrent sans difficulté un ordinateur.

— Allons-y, souffla Hallahan.

Il activa la boîte de dialogue vocale. L'écran s'alluma sur cette phrase :

SI VOUS N'ÊTES PAS AVEC MOI, VOUS ÊTES CONTRE MOI.

— Ce n'est pas aussi simple, grimaça le climatologue. Essayez de vous mettre à notre place. Nous avons besoin de davantage de données. Nous...

SI VOUS N'ÊTES PAS AVEC MOI, VOUS ÊTES CONTRE MOI. SI VOUS N'ÊTES PAS AVEC MOI, VOUS ÊTES CONTRE MOI. SI VOUS N'ÊTES PAS AVEC MOI, VOUS ÊTES CONTRE MOI. SI VOUS N'ÊTES PAS AVEC MOI, VOUS ÊTES CONTRE MOI. SI VOUS N'ÊTES PAS AVEC MOI, VOUS ÊTES CONTRE MOI. SI VOUS N'ÊTES PAS AVEC MOI, VOUS ÊTES CONTRE MOI. SI VOUS...

Russel tira dans la console, qui explosa, et lança :

— Elle manque de conversation, cette bestiole.

Les négociations étaient terminées.

16

La nuit était tombée.

Keith avait focalisé son regard sur l'un des écrans de contrôle. L'image montrait une vue générale de la centrale *Gaïa*. Leur objectif. Elle se situait à moins de trois kilomètres au sud de la ville, et ressemblait à ces antiques plates-formes qui avaient jadis sucé tout le pétrole contenu sous les océans terriens. Ses imposantes cheminées, en revanche, évoquaient quelque chose de plus gothique : les tours d'une forteresse imprenable. Elles partaient de la base, un embrouillamini de tubulures, de métal et de transpacier, et lançaient leurs fûts immenses vers le ciel, comme si elles voulaient chatouiller les étoiles.

— Je n'aurais jamais cru que la nuit puisse être si noire, murmura Keith.

Il avait les yeux secs. Et le cœur aussi. Une terre aride, sur laquelle il n'arriverait plus à faire pousser quelque chose de bon. C'était du moins ce qu'il croyait. Il pensait à ses parents, bien sûr, et à Cécilia. Même après son échec avec la jeune fille, une part de lui-même avait continué à espérer, de manière souterraine, presque inconsciente. Avec le temps, elle l'aurait peut-être regardé d'une autre façon. Cela lui aurait permis de tenter une nouvelle fois sa chance.

J'attendais tant de cette vie...

Tous ses espoirs s'étaient envolés, sous la forme d'un nuage de cendres poussé par le souffle de Mars.

— Keith, ça va ? Tu tiens le coup ?

Il se retourna. C'était Charles Hallahan, une caisse entre les bras. Il avait l'air fatigué mais résolu.

— Oui, ça va, mentit le jeune orphelin avec un hochement de tête. (Il désigna la caisse du menton.) C'est quoi, là-dedans ?

— Des explosifs N-12. Du nitrogravium concentré, si tu préfères. On a trouvé tout ça dans l'armurerie.

— C'est balaise, comme explosif ?

— Plutôt, oui. Chacune de ces « briques » a autant de puissance qu'une grenade à plasma. En plus, tu as le choix entre un déclenchement par minuterie ou un déclenchement par télécommande.

— Quel est l'avantage de la minuterie par rapport à la télécommande ?

— La bombe explose, même si le poseur est mort entre-temps. Tu verras, si on les place aux bons endroits, ces merveilles viendront à bout de la centrale sans problème.

Dit de cette manière, cela paraissait simple. Mais Keith subodorait que la mise en pratique du plan serait beaucoup plus compliquée. D'ailleurs, avaient-ils seulement un plan ?

— Comment va-t-on arriver jusqu'à cette foutue centrale ? s'enquit l'adolescent.

— Viens avec moi dans le bureau du *marshal*. On doit en discuter avec les autres, justement.

— Très bien.

Les deux compagnons sortirent de la pièce. Pendant ce temps, à l'extérieur du bâtiment, les robots poursuivaient leur œuvre de destruction méthodique et systématique.

Le tableau aqualide du chef de la police était rempli de mémos, d'ordres de mission, de dates et de noms hâtivement griffonnés. Hallahan les effaça d'un ample mouvement de la main, qui rida la surface de l'écran mural. Ensuite, il dessina un schéma sommaire avec la pointe de son ongle : une sorte de colonne entourée de balcons circulaires sur plusieurs niveaux.

— Voilà grosso modo le puits du réacteur principal. Il faudra installer les charges ici, au milieu, vers le neuvième étage.

— *Gaïa* est entièrement automatisée, je crois, commença Frances.

— Oui, c'est vrai. L'énergie est fournie par un processus de fusion autoentretenu. L'ordinateur central gère tout. En fait, les employés se contentaient de superviser le transfert d'énergie. Si ma mémoire est bonne, ils avaient baptisé l'ordinateur HAL, en hommage à ce vieux film *2001, l'Odyssée de l'espace...*

— C'est bien ce que je craignais, enchaîna la glaciologue. Il y a fort à parier que HAL soit tombé sous l'emprise de l'Entité, et elle ne va pas attendre gentiment qu'on fasse sauter son unique moyen de subsistance.

— En effet, c'est sûr qu'elle va nous mettre des bâtons dans les roues. Cependant, je ne crois pas qu'elle soit omnisciente et omnipotente. Elle ne pourra pas être partout à la fois.

— Ce qui signifie que l'on doit se séparer en plusieurs groupes ? hasarda Russel.

— Exactement. Le groupe un s'occupera du réacteur. Quant au groupe deux...

Le vieux scientifique pointa du doigt le plafond, au-dessus de leurs têtes.

— Il devra faire une brèche dans le grand dôme.

— Pourquoi ?

— Lorsque l'atmosphère redeviendra pratiquement inexistante autour de la ville, l'Entité essaiera sans doute de trouver refuge à l'intérieur du dôme. Il ne faut pas lui laisser cette opportunité. Avec un trou dans le dôme, la pression fichera le camp, là aussi.

— Et nous ? Comment allons-nous survivre ? demanda Laurence d'une voix chevrotante.

Hallahan ne répondit rien, mais son silence était éloquent.

— On va pas s'en sortir, hein, c'est ça ? insista la météorologue, les yeux brillants. J'aurais aimé revoir mon fils.

— On devrait bien dénicher des scaphandres dans ce bâtiment, dit Russel. Et on pourra tenir quelque temps avec un générateur d'oxygène portatif.

Il essayait de se montrer positif. Désespérément. Chacun savait que l'autonomie des tenues spatiales était limitée. Dans combien de jours un vaisseau viendrait-il les secourir ? Un mois ? Deux mois ?

— Il y a quelques cargos minéraliers qui croisent pas « très » loin de Mars, fit remarquer Russel, du côté de la ceinture d'astéroïdes.

— Hum, grogna Frances, vous croyez que les grosses compagnies minières laisseront ces vaisseaux se détourner de leur route ? Le manque à gagner serait énorme. Et les dirigeants de ces trusts ne sont pas exactement des philanthropes.

— Ils n'ont pas le choix. Dans l'espace comme en pleine mer, on est obligé de répondre aux SOS… Et puis, nous ne sommes pas encore morts, bon sang ! On va botter le cul à E.T. et après on s'organisera. La survie, ça me connaît, ne vous inquiétez pas. Pour ma part, je refuse de baisser les bras !

Il y eut un silence pesant. Keith y mit un terme.

— Comment on se répartit le boulot ? demanda-t-il.

— Le groupe deux monte dans un fourgon blindé, proposa

Hallahan. Il y en a plein le garage. Ensuite, le véhicule fonce jusqu'au dôme et là, il s'agira d'improviser. Pour ce qui est d'atteindre la centrale, les autres peuvent emprunter les réseaux de souterrains qui courent entre ici et *Gaïa*. Trois ou quatre kilomètres à pied, c'est pas la mer à boire.

Chacun essayait d'évaluer mentalement les risques encourus. Ceux de la centrale allaient devoir affronter toutes les embûches que HAL, l'ordinateur possédé, dresserait sur leur chemin. Ceux de la ville ne seraient pas mieux lotis, car les robots d'entretien ne resteraient pas les bras croisés en attendant qu'ils installent leurs explosifs... Cela revenait à choisir entre la peste et le choléra.

— Je veux bien m'attaquer au dôme, déclara Frances.

— Moi aussi, dit Russel avec empressement.

Le doyen du groupe fit la grimace :

— Je crois que vous serez plus utile à la centrale, Kurdy. Il y aura peut-être quelques acrobaties à effectuer pour placer les charges sur la colonne. Même avec votre bras blessé, vous vous débrouillerez mieux que nous tous réunis.

Le mécano acquiesça. Il pouvait difficilement arguer du contraire. Il était, de loin, le meilleur grimpeur du lot.

— Je viendrai avec vous, poursuivit Hallahan. Je pense connaître les points faibles du réacteur.

— D'accord.

— Moi, je m'occupe des robots qui auraient dans l'idée d'importuner Frances, annonça Keith en caressant le canon de son fusil à pompe.

— Laurence ?

La météorologue affichait un air fataliste. Son regard éteint signifiait « plus rien n'a d'importance ».

— Je ferai ce que vous voudrez, dit-elle avec un haussement d'épaules.

— Vous pensez pouvoir tirer avec ce genre de joujoux ? questionna Russel en désignant le râtelier d'armes.

Elle opina.

— Très bien, alors vous aiderez Keith. OK ?

— OK.

Ils se regardèrent longuement, avec intensité, comme s'ils cherchaient à graver dans leur mémoire les traits de chacun, puis Hallahan lança :

— *Let's go !*

17

Le groupe s'était scindé en plusieurs ateliers : pendant que, d'un côté, Hallahan montrait à Frances comment minuter les charges, Keith instruisait Laurence Turman dans l'art « subtil » du fusil à pompe. Sa conclusion était radicale : « Flinguez tout ce qui bouge ». Heureusement, les armes disponibles avaient une zone de feu très large ; l'antithèse du fusil pour *sniper.* Un débutant pouvait s'en servir sans problème. Il suffisait d'appuyer sur la détente.

Russel était retourné dans le garage. Il avait sélectionné le camion qui lui paraissait le plus solide, une sorte de minibus avec vitres blindées et grillages aux fenêtres qui servait certainement au convoyage d'éventuels prisonniers. Mais les colons n'avaient pas prévu un prisonnier du calibre de l'Entité !

— On doit pouvoir améliorer ce bébé, grogna le mécano, les mains sur les hanches.

Il entreprit de renforcer le pare-chocs, puis de protéger les roues en soudant des plaques de métal sur les côtés. De temps en temps, il jetait un coup d'œil derrière lui, redoutant de voir surgir un nouveau robot antiémeutes réactivé. Mais il était bien seul dans le grand hangar. Seul avec ses pensées…

Il avait peur pour Frances. Il aurait souhaité être à ses côtés au moment de l'épreuve. Mais il ne pouvait pas se défiler. Il fallait bien que quelqu'un aille les accrocher, ces bon Dieu d'explosifs. Et il était tout désigné pour le job.

Il soupira, sa main qui tenait le fer à souder encore levée.

Il se souvenait du jeune homme insouciant qu'il avait été, moitié routard, moitié délinquant. Un gamin épris de liberté, d'indépendance, qui avait toujours agi et pensé seul. Pour lui, se fixer quelque part (*a fortiori* avec quelqu'un) équivalait à se mettre des chaînes aux pieds. Il sourit. Ces derniers jours, un déclic s'était définitivement produit. L'image de Frances le hantait. Il sentait derrière son apparente froideur tout l'amour qu'elle avait à donner. Des choses pouvaient naître entre eux. Des sentiments vrais. Ce n'était pas si fréquent…

Il pensait tellement fort à elle qu'il fut à peine surpris de la voir apparaître sur le seuil du parking, les mains dans les poches, l'épaule calée contre un des montants de la porte.

— Vous avez l'air dans la lune, dit-elle.

Il eut un haussement d'épaules et retira la visière de soudeur qui lui mangeait le haut du visage.

— J'évoquais de vieux souvenirs… Vous en avez fini, avec Hallahan ?

— Oui. Ces bombes sont d'une simplicité enfantine. Aussi facile que de programmer la cuisson d'un gigot dans un four à ondes soniques.

— Hum, sauf que le gigot ne risque pas de vous emporter la tête si vous le faites trop cuire.

— En effet.

Elle s'approcha. Le badinage touchait à sa fin, comme le suggérait son expression soudain empreinte de gravité.

— Kurdy, demanda-t-elle. Qu'est-ce que nous allons devenir ?

C'était la première fois qu'elle l'appelait Kurdy. Une pointe d'émotion l'étreignit.

— Il faut qu'on arrête l'Entité, déclara-t-il avec une solennité qu'elle ne lui connaissait pas. Il n'y a que ça qui compte. Pour le reste, si j'étais croyant, je vous dirais quelque chose du genre « remettons notre sort entre les mains du Seigneur ».

— Pitié, nous avons eu assez de sermons ces jours derniers.

Et cela n'a pas trop réussi à leur auteur, termina mentalement le mécano.

Ils se regardèrent, en silence ; deux petits animaux craintifs, sur le qui-vive. Les paroles semblaient superflues. Elles ne pouvaient rendre justice à la profondeur de leurs sentiments. Dans le meilleur des cas, elles n'en seraient qu'un pâle reflet…

Sans rien dire, Russel ôta son groin filtrant, prit Frances dans ses bras, fit glisser son respirateur et l'embrassa.

Charles Hallahan s'était retiré dans une salle d'interrogatoire exiguë, équipée de vitres sans tain. Il avait récupéré une holocaméra numérique, montée sur un petit trépied, qu'il avait posée devant lui. Assis sur une chaise, il se massait les sinus entre le pouce et l'index. Il paraissait vieux comme Mathusalem.

Il inspira profondément et déclencha l'enregistrement.

Quand la lumière rouge clignota, il dit :

— Je m'appelle Charles Hallahan. J'ai soixante et un ans. Je suis climatologue, membre de l'équipe *Burroughs*… Vous pourrez vérifier sur mon dossier. (Il marqua une pause. Ses yeux fixaient l'objectif sans ciller.) Je laisse ce message à l'attention des futurs Terriens qui viendront fouler le sol de cette planète. Méfiez-vous. Nous ne sommes pas seuls sur Mars. Une créature est là, qui veille, tapie depuis des temps immémoriaux. Elle peut se montrer très dangereuse. Elle a tué les habitants de *Bradbury*. Nous ne sommes plus que cinq. Cinq hommes et femmes, à la merci de cette chose. (Il toussa, s'éclaircit la gorge et reprit.) Nous allons essayer de la renvoyer d'où elle vient. Le néant. Elle ne peut pas exister sans atmosphère. C'est pourquoi nous allons détruire *Gaïa*. Nous commettons cet acte en toute conscience, et sommes parfaitement sains d'esprit. Je vous en conjure, ne bâtissez pas une nouvelle centrale. Ne terraformez pas Mars ! Tout recommencerait. Mars doit rester vierge, inviolée, telle qu'en elle-même… (Silence.) Cette catastrophe devrait nous donner à réfléchir sur la manière dont nous colonisons l'espace… L'homme a-t-il le droit de toujours modifier son environnement à sa guise ? Nous jouons avec des forces qui nous dépassent. Un peu plus d'humilité dans nos actes serait sans doute bienvenu. (Il secoua la tête et poursuivit, résigné.) Faites en sorte que notre sacrifice serve à quelque chose…

Il coupa l'enregistrement. Quelqu'un applaudit derrière lui. C'était Keith, qui se tenait en dehors du champ de la caméra.

— Joli speech, dit-il avec une sorte d'ironie sombre dans la voix.

Le garçon paraissait vieilli, lui aussi, mais surtout endurci. L'érosion de ses traits était plus due au chagrin qu'au nombre des années.

— Pourquoi ne pas prévenir directement la Terre par radio ? questionna-t-il.

— La créature contrôle les ordinateurs, je te le rappelle. Elle semblait d'accord pour un SOS à la condition qu'il soit dicté par ses soins. Je ne pense pas que le genre de message que tu as en tête soit à sa convenance. Elle couperait la communication au moindre mot de travers… (Il eut un petit rire.) Hum, cela me fait penser à ces otages que l'on force à lire des textes, un flingue dans le dos. Voilà ce que nous sommes : les otages de l'Entité…

Un bruit de course résonna dans le couloir. Laurence Turman arrivait, hors d'haleine.

— Vous étiez là ? s'exclama-t-elle. Je vous cherchais partout.

— Qu'est-ce qui se passe ?

— Les robots. Ils ont fait une brèche au rez-de-chaussée.

Lorsqu'ils les entendirent accourir, Russel et Frances interrompirent leur étreinte. Leurs lèvres venaient à peine de se séparer que, déjà, les autres faisaient irruption dans le garage. Ils portaient des sacs en bandoulière, et des fusils dans les bras.

— On y va, dit simplement Hallahan.

Il n'y eut pas d'effusions ni de grands épanchements. Tout le monde se dirigea, sans un mot, vers le vestiaire attenant au parking. Là, ils trouvèrent une dizaine de scaphandres réservés aux patrouilles externes. Les tenues pendaient, accrochées aux murs, flasques comme des pantins sans marionnettiste. Ils les enfilèrent en s'aidant mutuellement. Tout était verrouillé, sauf la visière du casque ; ils ne la rabattraient qu'au dernier moment. Une fois la centrale détruite, la décompression allait bien prendre une ou deux minutes.

Malgré les groins filtrants et les casques, Russel réussit à embrasser Frances une dernière fois. Pudiques, les autres firent semblant de regarder ailleurs.

— Je t'aime, avoua le mécano.

Elle lui sourit.

— Tu avais raison, dit-elle.

— Ah bon ?

— Oui. Tout le monde change. Un jour ou l'autre.

Et elle lui rendit son baiser.

— Dépêchons-nous, les pressa le vieux scientifique.

Ils échangèrent un dernier regard où tout était dit, puis chaque groupe partit de son côté. Hallahan et Russel sortirent par une porte de service. Le trio chargé du dôme prit la direction du parking.

Les dés étaient jetés.

18

Après les divers ajouts de Russel, le bus blindé ressemblait à une sorte de scarabée géant à huit roues motrices. Keith fit coulisser une portière latérale en criant :

— *Go ! Go ! Go !*

Les deux femmes montèrent dans le véhicule. Déjà, un flot de robots se déversait dans le parking souterrain. Grands ou petits, rudimentaires ou perfectionnés, il y en avait de tous les modèles, de toutes les générations. Malgré cette hétérogénéité, leurs actions étaient parfaitement coordonnées. Une volonté commune les animait.

Frances avait pris place aux commandes du véhicule, Laurence à ses côtés. Elle sortit de sa poche un jeu de cartes de contact dégoté par Hallahan. En effet, le vieil homme avait passé au peigne fin les bureaux du commissariat et mis la main sur deux ou trois objets utiles, notamment la télécommande qui ouvrait et fermait la sortie du parking.

Première carte : rien du tout.

— Magnez-vous ! aboya Keith, qui venait de grimper à l'arrière.

Deuxième carte : pas de résultat.

L'adolescent essaya de refermer le panneau coulissant, mais

un robot s'interposa. C'était sans doute un manœuvre, car il paraissait très costaud. Les bras écartés, il empêchait l'humain de ramener complètement la portière. Keith força, s'acharna durant quelques instants puis, comprenant qu'il ne gagnerait pas à ce petit jeu-là, il changea de tactique. Reculant d'un pas, le fusil calé contre la hanche, il tira dans la tête du Samson de métal. Cette dernière roula sur l'asphalte. Le reste du corps bascula à la renverse.

Keith referma le panneau.

— Qu'est-ce vous foutez ? cria-t-il à l'adresse du cockpit.

— On fait ce qu'on peut, rétorqua Frances, la sueur aux tempes.

Elle enfourna la troisième carte.

Le moteur turbo gronda sourdement.

Elle démarra en trombe, renversant une dizaine de robots comme autant de quilles.

— La sortie est par là, indiqua Laurence en montrant un double vantail, à l'autre bout du garage.

Keith les avait rejointes à l'avant. Il s'assit et sangla son harnais de sécurité.

Frances actionna la télécommande et accéléra un grand coup. L'engin fit une embardée en passant juste sous le portail blindé, qui se soulevait avec une exaspérante lenteur.

Russel et Hallahan couraient à petites foulées aussi vite que les combinaisons le leur permettaient. Le climatologue faisait preuve d'une endurance assez remarquable. Un plan dans les mains, c'était lui qui les guidait à travers l'enchevêtrement des couloirs de maintenance. Ils y avaient accédé grâce à une porte de service située non loin du vestiaire. Des câbles et des tuyaux « décoraient » les murs. Par terre, bidons et pièces de rechange étaient monnaie courante. Ils croisaient même, occasionnellement, quelques quartiers d'habitation laissés à l'abandon, vestiges héroïques des premiers colons. Ceux-ci avaient vécu sous terre, comme des taupes, à l'époque où aucun bouclier planétaire ne venait stopper les radiations venues de l'espace.

Hallahan s'arrêta, déplia ses papiers en accordéon :

— Il faut qu'on traverse le gymnase, grommela-t-il, le front plissé. Où est ce gymnase ?

— Attendez, fit Russel.

Il venait de remarquer des plaques d'orientation, incrustées dans le béton. Il les nettoya de l'épaisse couche de crasse qui les recouvrait. L'une d'elles annonçait « gymnase » avec une flèche à droite. Ils continuèrent donc par la droite.

Au bout de cinquante mètres, le duo pénétra dans une vaste salle d'entraînement avec tapis de course, poids, haltères, etc. Garder la forme était une tâche primordiale pour les humains venus de la Terre, car il ne fallait pas trop compter sur la gravité martienne pour faire travailler les muscles.

Ils débouchèrent dans une nouvelle série de couloirs de plus en plus mal éclairés. Une douche de lumière jaune sale tombait du plafond tous les dix mètres, puis tous les vingt mètres, laissant de grands intervalles d'obscurité. Heureusement, les deux hommes pouvaient allumer la lampe frontale de leur scaphandre. Les faisceaux blanchâtres trouaient les ténèbres, les repoussaient, mais ne permettaient pas de voir bien loin. Un ronronnement difficile à localiser (sans doute un vieux générateur) paraissait se rapprocher. L'atmosphère devenait vraiment oppressante.

Tout à coup, Hallahan disparut, comme happé, aspiré vers la droite.

Russel se pencha prudemment à l'angle de l'intersection, et comprit l'origine du bruit persistant : une soufflerie !

— Tenez le coup, Charlie ! hurla-t-il à son compagnon.

Les pieds de celui-ci ne touchaient plus le sol. Ils tricotaient dans le vide, alors que son corps s'inclinait à l'horizontale, parallèle au plancher. Le climatologue s'accrochait à un gros câble graisseux, l'air terrifié. Il y avait de quoi. Quinze mètres derrière lui, le couloir se terminait par une gigantesque hélice qui brassait l'air avec furie.

La grille de sécurité avait disparu.

Russel tendit la main. Il ne pouvait pas trop s'engager et préférait rester le plus possible contre le mur. L'effet d'aspiration était spectaculaire. La barbe et les cheveux du mécano pointaient vers l'avant, à travers la visière ouverte, et lui fouettaient le visage.

— Attrapez mon bras !

Il braillait comme un fou pour couvrir le vacarme des pâles tourbillonnantes.

Hallahan lui jeta un regard désespéré et cria :

— Faites tout sauter ! Tuez-la ! Tuez cette saloperie !

Russel enrageait. Il lui manquait dix bons centimètres pour toucher la main gantée de son ami. Il fallait trouver une autre solution. Et tout de suite. Il inspecta la coursive derrière lui.

Yes !

Là, cette console de maintenance ! Elle conviendrait parfaitement. Russel revint sur ses pas. Il commença à pousser le gros bloc monté sur roulettes. Il s'agissait d'un vieil engin, hérissé de manettes, de cadrans, de thermostats, suffisamment léger pour être happé par la soufflerie, mais aussi suffisamment lourd pour la bousiller !

Avant d'arriver au tournant, il entendit un grand cri puis, une seconde plus tard, un choc flasque suivi d'un craquement et d'un grand splasshhh, comme si quelqu'un venait de balancer un seau d'eau sur les murs.

19

Le minibus se stabilisa devant l'entrée nord, à l'embouchure de l'avenue Kim-Stanley-Robinson.

Keith et les deux femmes sortirent du cockpit, l'arme au poing, balayant les alentours du bout de leur canon. Au loin, l'armée des robots remontait la grande artère principale : une centaine de kamikazes prêts à sacrifier leur existence pour une cause qu'ils ne comprenaient même pas.

Frances grimpa sur le toit du sas de décontamination. Le transpacier partait du sommet de ce bunker, puis s'incurvait progressivement pour culminer à quatre cents mètres d'altitude au milieu de la cité. La glaciologue fouilla dans le sac qu'elle portait en bandoulière. Elle en sortit trois briques noires, toutes assorties d'un système de minutage.

— Je les règle sur combien ? demanda-t-elle, brusquement saisie par le doute.

— Une minute, ça devrait suffire, conseilla Keith.

Frances sursauta. Elle venait de déceler un mouvement au-dessus de ses épaules. Trois robots laveurs de carreaux glissaient dans sa direction en utilisant la partie interne du dôme comme une patinoire. Leur caquetage électronique n'avait rien d'amical.

Russel était parvenu à la centrale sans affronter de nouveaux dangers. Un peu trop facile à son goût.

Il avait des yeux de fou, hallucinés, un regard d'échappé d'asile. L'ultime cri de Charles Hallahan résonnait dans sa tête. La mort du vieux savant viendrait désormais hanter ses nuits de cauchemars à tout jamais… si toutefois il survivait à ce qui allait suivre.

Comme prévu, il avait mis l'hélice hors d'état de nuire en lui balançant une console dans les gencives. Ensuite, à chaque intersection, il s'était méfié, et avait redoublé de vigilance. Apparemment, ses craintes étaient superflues. Il n'y avait pas d'autre système de soufflerie dans le secteur.

On accédait au rez-de-chaussée de *Gaïa* par plusieurs écoutilles blindées, situées dans le plancher (le plafond du souterrain). Bien sûr, ces entrées étaient hermétiquement closes. Russel avait fait sauter l'une d'elles, ce qui lui avait permis de tester le système de mise à feu à retardement des microbombes. Apparemment, minuterie et explosifs fonctionnaient avec un égal bonheur. C'était toujours ça de pris.

L'intérieur de la centrale paraissait aussi labyrinthique que le sous-sol. Des couloirs. Des kilomètres de couloirs ! Le mécano avait même croisé plusieurs voiturettes électriques rangées le long des murs. En revanche, aucun robot. Bizarre.

Russel s'était arrêté devant les ascenseurs puis, après quelques instants de réflexion, il avait opté pour les escaliers de service. Plus fatigant, mais plus sûr. Les monte-charges et les turbo-élévateurs étaient contrôlés par HAL. Et HAL était contrôlé par l'Entité. Donc…

L'usine comportait dix-huit étages. Russel monta jusqu'au neuvième. Sa respiration se raccourcit sensiblement mais, à sa grande satisfaction, il n'était pas essoufflé. Il avait encore du coffre !

Une demi-douzaine de cloisons coupe-feu le séparaient du puits central. Il les dégomma une par une à l'aide des briques de nitrogravium. Cette fois, il testa la télécommande. Elle marchait également.

Cool...

Lorsqu'il déboucha dans le cœur névralgique de la station, un juron de dépit vint mourir sur ses lèvres.

Le puits du réacteur devait faire dans les quinze mètres de diamètre. Une colonne grise occupait son centre et, ponctuellement, des éclairs d'énergie pure zébraient le vide autour d'elle. Russel se trouvait sur une corniche, une claire-voie circulaire agrémentée d'un garde-fou. Entre lui et la colonne, il y avait six ou sept mètres ; une distance impossible à sauter, surtout avec un scaphandre sur le dos ! En temps normal, un pupitre commandait le déploiement d'une passerelle rétractable pour que les techniciens puissent accéder au centre du gouffre. Le mécano appuya vainement sur les boutons.

Je l'aurais parié !

Une pulsation grandissante monta des entrailles abyssales comme un rire de gorge irrépressible.

— Il se fiche de moi ! écuma Russel.

Keith et Laurence ouvrirent le feu, mais leurs cibles se dirigeaient vers eux drôlement vite. Les balles rebondissaient sur le transpacier sans même l'égratigner. Au troisième tir, enfin, Keith fit mouche. Un robot rémora explosa en modulant une plainte stridente. Ses deux comparses se laissèrent choir à gauche et à droite de Frances.

— Oh ! mon Dieu, gémit-elle.

Des pattes arachnéennes venaient de jaillir des corps ovoïdes pour leur permettre de se déplacer sur ce nouveau support. La jeune femme fracassa le crâne métallique du premier robot laveur de carreaux avec la crosse de son fusil. Le second lui sauta dessus. Ses membres inférieurs s'étaient repliés, puis dépliés d'un seul coup. Frances en tomba sur les fesses. Elle essayait de se débarrasser du petit robot, mais celui-ci était du genre coriace. Ses nouvelles pattes cherchaient une prise, les pseudopodes tendus vers la gorge de l'humaine.

— Viens m'aider ! cria la glaciologue, prise de panique.

Keith se hissa sur le toit. Il épaula son arme mais son doigt caressa la détente sans la presser. Il avait peur de toucher Frances. Il fit trois pas en avant, leva son fusil à la manière d'un club de golf et cria :

— Lâchez ce truc !

La jeune femme obéit sans se poser de questions. Bing ! Heurté de plein fouet, le robot partit s'écraser contre la vitre.

— Joli swing, toussota la scientifique.

Il l'aida à se relever. En quelques secondes, ils collèrent les charges explosives sur le transpacier.

— Une minute de compte à rebours, vous m'avez dit ?

— Allons-y pour une minute.

Ils tournèrent la mollette crantée du chronomètre.

— Les voilà ! s'affola Laurence Turman, qui était restée près du camion.

La masse mouvante des robots approchait. Ils marchaient dans l'avenue, serrés comme des sardines. Plus que cinquante mètres. Quarante. Trente-cinq.

La météorologue tira dans le tas. Les robots qui tombaient étaient aussitôt piétinés par ceux qui suivaient. Des fourmis auraient fait preuve de plus d'émotion.

— C'est parti, lança Frances en pressant la touche *on* de son détonateur.

Keith fit de même. Ils sautèrent sur le trottoir et piquèrent un sprint jusqu'au camion. Laurence tirait et rechargeait sans discontinuer. Mais plus elle en « tuait », plus il en arrivait. Frances referma la portière du minibus derrière elle.

— Espérons que le blindage de ce gros cul est solide, dit-elle en se bouchant les oreilles.

L'instant d'après, les charges explosaient.

20

Russel n'avait pas dit son dernier mot.

Il retourna sur ses pas et monta dans l'une des nombreuses voiturettes « échouées » dans les couloirs.

— Comment ça marche, ce truc ?

Le véhicule ressemblait à une auto tamponneuse, les roues en prime. Il n'y avait qu'une pédale. Plus on appuyait dessus, plus l'engin allait vite. Russel mit le pied au plancher. Il soliloquait, comme si l'Entité était assise juste à côté de lui :

— Ah ! tu veux jouer au plus malin avec moi, hein, ma vieille… Ben tu vas voir !

Au bout de la ligne droite, il y avait l'entrée du puits, la frêle corniche… puis le vide !

Le mécano poussa un hurlement sauvage, un cri de défi, pour se donner du cœur au ventre. La petite voiture défonça la rambarde de sécurité et resta suspendue dans les airs durant quelques instants avant d'entamer une chute vertigineuse. Mais, déjà, Russel avait sauté. L'accélération du véhicule lui avait fourni l'élan nécessaire pour combler les derniers mètres. Ses mains se refermèrent sur deux saillies, deux évents antiradiations qui dépassaient de la colonne centrale. Une douleur fulgura dans son épaule et sa blessure se rouvrit.

Il allait avoir besoin de toute sa science de l'escalade pour mener à bien sa mission.

Sans compter une sacrée dose de chance.

Le bruit de l'explosion fut impressionnant.

L'effet de souffle aussi.

Le minibus bascula sur le côté, comme si un géant venait de lui donner un coup de coude pour le taquiner.

— Merde ! grogna Keith.

Ils n'avaient pas prévu ce coup-là.

Après quelques contorsions, Frances jeta un coup d'œil par un hublot.

— Alors ? s'enquit Laurence, qui essuyait un filet de sang au-dessus de son arcade sourcilière.

La glaciologue ravala sa salive :

— Hum, il y a du bon et du moins bon.

— C'est-à-dire ?

— Je vois un gros trou dans le transpacier, au-dessus du sas. Voilà pour le positif.

— Et le négatif ?

Des coups frénétiques, martelés tout autour du fourgon, apportèrent un élément de réponse à Laurence.

— Les robots nous ont encerclés.

Ils étaient bel et bien pris au piège, coincés dans une boîte de conserve avec, à l'extérieur, une centaine d'assaillants qui n'avaient qu'une idée en tête : les étriper.

— Ils ne nous reste plus qu'à vendre chèrement notre peau, cracha Keith en piochant à pleines mains dans un paquet de cartouches.

Russel se déplaça d'un quart de tour, les pieds balançant dans le vide, jusqu'à ce qu'il puisse poser la pointe de ses bottes sur un petit boîtier collé à la paroi. La boîte en question ne faisait pas plus de dix centimètres d'épaisseur mais, pour un alpiniste de son niveau, cela suffisait. Il en profita pour détendre un peu les muscles de ses bras.

Si je m'ankylose : adios amigos !

Ce répit lui permit d'anticiper la suite de l'escalade. Son œil exercé glissait le long de la colonne, guettait les moindres creux, les moindres rebords, traçant déjà les grandes lignes de son futur parcours. Autour de lui, les rayons énergétiques se tortillaient avec une furie accrue. Il aurait même juré que les éclairs se rapprochaient, comme s'ils avaient reniflé sa présence.

Pas question de moisir ici.

Il avait repéré une ouverture dans le métal, un peu plus haut, une « fenêtre » qui donnait sur un lacis de fils multicolores. S'il pouvait placer au moins une bombe là-dedans, les dégâts risquaient d'être considérables. Ou alors il essaierait du côté de ces voyants lumineux, qui clignotaient cinq mètres plus loin, à la limite de son champ de vision. Il aurait aimé que Charles Hallahan fût encore là pour le guider. Malheureusement, il allait devoir se débrouiller tout seul, comme un grand. Et il ne savait même pas comment regagner la corniche !

Génial, ton stratagème, Kurdy.

Une fourche incandescente le frôla. Elle fit éclore un bouquet d'étincelles juste à côté de ses pieds, ce qui mit un terme à ses tergiversations.

Il sauta, attrapa une manette de la main gauche, le rebord d'une plaque de la droite. Ses jambes se balançaient de nouveau dans le vide. Il repéra une série d'infimes anfractuosités au-dessus de sa tête, et se hissa en grimaçant. Les sutures de son épaule lâchaient, une par une. Un liquide tiède ruisselait le long de son bras.

Rester concentré...

Les éclairs convergeaient sur lui. Il accéléra le mouvement.

Les robots désossaient le minibus, c'était aussi simple et terrifiant que ça !

Ils avaient déjà déchiré le treillis de métal, devant les hublots, et s'attaquaient aux vitres avec des chalumeaux, des marteaux-pilons, des barres de fer, bref, tout ce qui leur tombait sous la pince. Le transpacier, pourtant réputé incassable, commençait à s'étoiler et à donner des signes de faiblesse.

— Préparez-vous, hoqueta Keith en s'éloignant le plus possible des fenêtres (c'est-à-dire de trois petits mètres !).

Un bruit strident lui fit tourner la tête vers la droite. On eût dit que quelqu'un entamait l'arrière du véhicule avec une scie sauteuse. Nouveau bruit vers la gauche. Guère plus rassurant. Le panneau de liaison du « cockpit » rougissait à vue d'œil.

Les trois humains se recroquevillèrent les uns contre les autres.

— Cette fois-ci, c'est la fin, fit Laurence, la voix cassée.

Russel faisait de son mieux, mais il en bavait.

Bon sang, que ça fait mal !

La douleur le tiraillait, irradiait son biceps.

Ses mains trouvèrent de nouvelles encoches. La « fenêtre », avec tous les fils, était à un mètre sur sa droite. Il se balança, imprimant un mouvement de pendule à tout son corps.

Un... deux... et trois !

Il se propulsa. Ses doigts se refermèrent sur l'arête. Une strie de feu éclata près de son front. Il ferma brièvement les yeux pour ne pas être ébloui. Sa main gauche plongea dans la sacoche. Il ne tenait plus que par le bras droit. Ses doigts glissaient. Il allait lâcher d'une seconde à l'autre. Pas le temps de programmer le compte à rebours. Il jeta la brique dans la « fenêtre », à l'intérieur de la colonne.

À cet instant, un éclair le frappa entre les omoplates et lui fit lâcher prise.

Il hurla, le dos hérissé de fourmillements électriques. Son estomac lui remonta dans la gorge. Il pesait nettement moins lourd que sur Terre, mais la gravité réclamait quand même son dû. Il tombait, tombait, comme dans un cauchemar. Neuf étages en chute libre. Tout à coup, il se sentit déporté, aspiré par l'une des vannes géantes qui s'ouvraient tout autour du puits, à flanc de paroi.

Il roula dans une sorte de conduit, chahuté dans tous les sens. L'os de son tibia craqua, lui arrachant un nouveau cri de douleur, et il perdit connaissance.

Une première tête s'encadra entre les montants de la fenêtre déchiquetée. Keith lui tira une balle en plein « front ». Des éclats de métal volèrent dans tout l'habitacle. L'arrière et l'avant du véhicule cédèrent en même temps. En quelques secondes, ce fut l'enfer. Les coups de feu et la fumée envahirent l'espace confiné. Les silhouettes à la démarche d'automate tombaient les unes après les autres. Leurs « cadavres » s'empilaient devant les brèches, gênant l'assaut des autres attaquants. Le goût âcre de la poudre brûlait la gorge des humains. Ils éprouvaient de plus en plus de difficulté pour recharger à temps.

Soudain, la cloison contre laquelle Laurence Turman s'adossait parut entrer en éruption. Elle se déchira, pour laisser apparaître une dizaine de « mains » avides. Les serres de métal saisirent la météorologue. Elle hurla, se débattit, mais il n'y avait rien à faire. En un instant, elle fut entraînée à l'extérieur sous les yeux horrifiés de ses compagnons. Ses cris se perdirent dans le vacarme des cliquetis, des pinces et des scies électriques.

Russel ouvrit un œil.

Péniblement.

Son front saignait. Il avait mal partout, mais plus particulièrement à la jambe. Fracture ouverte.

Comme en Arizona, il y a dix ans...

Il souffrait le martyr. D'un autre côté, il n'en revenait pas d'être toujours en vie après une chute pareille.

Il examina les lieux. Il se trouvait dans un tunnel bien rond, un gros tuyau de trois mètres de diamètre ; peut-être une vanne destinée à évacuer les trop-pleins de chaleur du réacteur. Il voyait l'entrée du puits, devant lui. De l'autre côté, une grille bloquait toute retraite. Des jets de vapeur intermittents jaillissaient de petits orifices ménagés du « sol » au « plafond ». On eût dit des nuages de buée.

Le mécano tâtonna à la recherche de son sac et des précieuses briques de nitrogravium.

Meeeerde !

Il avait perdu les deux durant le grand plongeon, sans parler du fusil à pompe !

Mais il lui restait la commande à distance du détonateur, un objet de la taille d'un briquet qui formait une bosse dans la poche intérieure de sa combinaison photovoltaïque.

La partie n'est pas encore terminée...

Il se traîna jusqu'à la grille, essaya de la desceller à la force des bras, mais elle était bien enfoncée dans le béton. Impossible de la bouger, ne fût-ce que d'un centimètre.

Un mugissement se fit entendre dans le dos de Russel, une sorte de plainte. Le souffle des courants ascendants qui parcouraient le puits ? Le grincement d'un volet antiradiation ? Autre chose ?

Lentement, le mécano fit volte-face.

Une forme massive, qui prenait toute la hauteur et la largeur du tunnel, s'avançait vers lui. Il en distinguait les contours grâce aux jets de vapeur qui enfumaient l'endroit. Cela ressemblait à un visage humanoïde, un faciès de trois mètres dont les traits s'affinaient de seconde en seconde.

Russel n'était pas croyant. Pourtant, il articula un « Dieu tout-puissant » empli d'une crainte respectueuse.

Le visage qu'il avait devant lui ressemblait comme deux gouttes d'eau à celui de Cydonia, le poster qu'il avait affiché dans sa chambre ! Les traits étaient hiératiques, effrayants car vides de toute expression humaine !

Voilà donc la tronche du fameux prisonnier de Mars ! Alors le cliché de Viking représentait quoi ? Un avertissement des Anciens ? Une tentative de matérialisation de l'Entité ?

La bouche s'ouvrit, s'étira à outrance pour former un trou noir qui fonçait droit sur Russel. Ce dernier prit la télécommande au creux de sa paume et cria :

— Allez viens ! Viens ! Fais-moi risette, saloperie.

Il eut une dernière pensée pour Frances… et appuya sur le bouton rouge.

Durant un instant, un soleil éphémère illumina la plaine de Vastitas Borealis. Le tonnerre de l'explosion vint ensuite, avec un léger décalage. Le brasier fut de courte durée faute d'oxygène pour alimenter les flammes.

Dans le camion éventré, c'était l'hallali. Frances et Keith se battaient avec l'énergie du désespoir. Les assaillants étaient sur eux, au corps à corps, impitoyables, mais les humains rendaient coup pour coup, hurlaient, crachaient, griffaient comme des chats sauvages.

Puis, sans transition, il y eut un moment de flottement, une accalmie. Un frémissement parcourut les rangs mécaniques. Keith consulta son bloc-poignet :

— Dépressurisation, annonça-t-il, le cœur battant.

Il avait soudain mal au crâne. Les veines de son cou se gorgeaient de sang. Celles de son front aussi. Les deux survivants abaissèrent leur visière, verrouillèrent les attaches de leur casque. Ils respiraient déjà mieux.

Frances observait les robots. Ils paraissaient avoir abandonné leurs pulsions agressives. À vrai dire, ils avaient l'air complètement désorientés. La jeune femme se remémora une image surgie du tréfonds de sa mémoire : à cinq ans, elle avait assisté à un spectacle où la moitié du public avait été hypnotisée par un fakir. Les robots réagissaient exactement comme les spectateurs à leur réveil… ils ne savaient plus où ils étaient !

Un modèle « ouvrier » lâcha sa barre de fer et fit demi-tour. Ce fut le signal de l'armistice. Les créatures de métal retournèrent vaquer à leurs occupations, une par une, sans se presser et dans le plus grand calme. Les balayeurs reprenaient à nouveau leur balai, les éboueurs leurs poubelles, les laveurs de carreaux ressortaient leur chiffons et leur produit… La programmation initiale de chaque robot revenait au premier plan de ce qui leur servait de conscience.

Plus personne ne s'occupait de Keith et de Frances.

Ils sortirent du camion sans trop oser y croire.

Épilogue

L'Entité poussait un cri qui allait bien au-delà des fréquences audibles, et même des ultrasons. La colère et la peur s'y mêlaient étroitement. La colère, car elle savait que ces ridicules petites créatures organiques venaient de la condamner. La peur, car cette condamnation était sans appel.

Elle avait beau chercher une cachette, une protection, il n'y avait pas d'issue. Progressivement, elle retournait d'où elle venait : le néant. Elle sentait les particules subatomiques de son être se dissoudre au fur et à mesure que l'atmosphère de la planète se réduisait à une peau de chagrin.

Aucune échappatoire.

Cette prison était pire que la mort : une éternité à essayer de « bouger », de « respirer » (du moins, ce qui s'en rapprochait le plus pour une forme de vie aussi singulière que l'Entité).

Mais peut-être qu'un jour une nouvelle porte s'ouvrirait.

L'Entité attendrait.

Elle n'avait plus que ça à faire.

Frances était assise en tailleur sur le toit du sas. Elle distinguait les ruines de la centrale, au loin, dans l'axe de l'énorme trou qui s'ouvrait au-dessus du bunker. Elle guettait le moindre signe, le moindre mouvement, en priant le ciel pour que Charles Hallahan et Kurdy soient toujours vivants.

Pour Laurence, il n'y avait plus rien à faire.

Quelle mort horrible, se dit Frances en repensant aux derniers instants de son amie.

Elle reporta son attention sur le paysage martien. Elle avait beau s'user les yeux, aucune présence humaine ne venait troubler la monotonie de la plaine volcanique.

Peut-être qu'ils sont repassés par les souterrains ?

Elle se raccrochait à cette idée. Il fallait garder l'espoir. À tout prix.

Elle revoyait le visage de Kurdy, pouvait presque sentir la chaleur de son corps lors de leur dernière étreinte. Cet échange n'avait rien eu de sensuel ou d'érotique. Il s'agissait plutôt d'un abandon réciproque, d'une communion. Ils s'étaient dit, de manière implicite, « Je suis bien avec toi. Je veux être avec toi. », tout simplement.

Deux larmes glissèrent sur les pommettes de la jeune femme. À cause du casque, elle ne pouvait même pas les essuyer.

Keith grimpa sur le toit à son tour et vint s'asseoir à côté d'elle.

Il avait trouvé un générateur d'oxygène portatif. Et ils pourraient renouveler leurs poches de nourriture et d'eau durant un certain temps.

— J'ai lancé un SOS, annonça le garçon.

Frances hocha la tête.

Ils restèrent silencieux durant de longues minutes.

Toujours personne à l'horizon.

Keith eut un petit rire, un rien désabusé.

— Qu'est-ce qu'il y a ? s'enquit la glaciologue.

— Je viens de penser à un truc marrant, enfin, façon de parler.

— Un truc « marrant » ?

— Ouais… Je me disais que, si ça se trouve, tout notre système solaire était peut-être une sorte de pénitencier galactique pour ces types, les Anciens. Peut-être qu'ils ont enfermé des formes de vie différentes dans chacune des neuf planètes qui tournent autour du Soleil. Tu imagines le truc ? Cela voudrait dire…

— Que la vie a réussi à s'échapper d'au moins une prison sur neuf… La Terre ! acheva Frances.

Elle marqua une pause, laissant ce concept faire son chemin dans son cerveau, synapse après synapse, puis reprit :

— Dans ce cas, nous serions les descendants de créatures condamnées par leur société, un peu comme les Australiens avec leur première vague de peuplement ! Des enfants de forçats ! De bagnards !

Cette idée avait quelque chose de vertigineux, d'effrayant et de bizarrement merveilleux tout à la fois.

— Au moins, on aura de quoi méditer en attendant les secours, dit-elle avec un petit rire sans éclat.

Les deux survivants levèrent les yeux vers l'espace. Leurs pensées, leurs secrets espoirs s'envolèrent dans les étoiles en un message silencieux.

Note de l'auteur

Ce roman aurait pu être sous-titré *Un hommage à John Carpenter,* tant les clins d'œil à ce maître du fantastique et de la SF cinématographiques y sont nombreux.

Quelques exemples :

— Mon histoire s'ouvre et se termine comme *The Thing* (une base isolée au milieu des glaces et deux survivants attendant les secours devant un brasier), un de mes films préférés ;

— En outre, les noms de mes personnages masculins sont issus du casting de *The Thing* (j'ai juste transformé Kurt Russel, un peu trop connu, en Kurdy).

Dans le registre des thèmes ou figures de style récurrentes, le lecteur cinéphile trouvera, en vrac :

— le huis clos/siège *(Assaut, Prince of Darkness)* ;

— les mécaniques et les ordinateurs « possédés » *(Christine, Dark Star)* ;

— le réveil d'une entité *(Prince of Darkness)*, etc.

À l'heure où j'écris ces lignes (septembre 2000), je n'ai pas encore vu *Ghosts of Mars*, le dernier film de Carpenter, qui devrait sortir en même temps que ce livre. Dans ce cas précis, et comme le veut la formule, toute ressemblance serait donc fortuite et involontaire !

Christophe Lambert

Note de l'éditeur

Quelques références utiles pour prolonger votre séjour sur la planète rouge :

— http : //www.nirgal.net : pour tout savoir sur Mars ;

— http : //www.astrosurf.com/planete-mars : le site français de *The Mars Society* ;

— http : //www.multimania.com/starmars : un site sur Mars et la SF ;

— *À la conquête de Mars,* d'Olivier de Goursac, Larousse, 2000 ;

— « Mars, le prochain défi », dossier hors série n° 40 de *Science et Vie*, avril 2000 ;

— *Amenophis IV*, bande dessinée de Dieter et Le Roux, design de Manchu, Delcourt, 2000 ;

— *Mars la rouge, Mars la verte* et *Mars la bleue*, trilogie de Kim Stanley Robinson, Presses de la Cité, 1994-1997.

Le souffle de la tragédie

postface par
Catherine Craipeau

En ouvrant *Le Souffle de Mars*, le lecteur est invité à entrer dans le jeu des mille et une énigmes de l'intertextualité, car l'auteur aime truffer son récit de multiples références. Aux reliefs martiens observés par les astronomes (la vallée glaciaire de Chasma Borealis, la plaine volcanique de Vastitas Borealis, les Lowlands, la mystérieuse vallée de Cydonia), se superpose la pellicule topographique projetée par les lectures et les « toiles » de Christophe Lambert.

Les fantômes des maîtres de la science-fiction qui, dans « tous ces vieux romans du XXe siècle », ont déjà exploré la planète mythique sont au rendez-vous. Ainsi, *Le Souffle de Mars* débute dans la station scientifique polaire *Burroughs*[1] et se conclut dans la cité que les colons ont baptisée *Bradbury*[2], une ville qui surplombe de son dôme l'avenue Kim-Stanley-Robinson[3] et la rue Arthur-Clarke[4]. D'autres « Grands Anciens » sont présents : Frank Herbert[5] (pour le décor « planète de sable » et les *distilles* empruntés aux *Fremen*), Tolkien[6] (pour la structure narrative de la quête) et le sombre Lovecraft[7], créateur de Cthulhu, dont l'ombre plane sur tout le roman.

---

1. Edgar Rice Burroughs (1875-1950), le père de Tarzan, est aussi le créateur du *Cycle de Barsoom*, qui conte les aventures de John Carter sur Mars. Premier titre : *La Princesse de Mars* (1912).
2. Ray Bradbury (1920-) est l'auteur des fameuses *Chroniques martiennes* (1950).
3. Kim Stanley Robinson (1952-) est l'auteur de *Mars la rouge* (1993), *Mars la verte* (1993), *Mars la bleue* (1996), une trilogie qui lui a demandé dix-sept ans de recherche (avec l'aide de la NASA) et d'écriture.
4. Avant d'être l'auteur mondialement connu de *2001, l'Odyssée de l'espace*, Arthur C. Clarke (1917–) avait publié en 1952 un roman très documenté, *Les Sables de Mars*.
5. Frank Herbert (1920-1986) est surtout connu pour son best-seller *Dune* (1965).
6. John Ronald Reul Tolkien (1892-1973) est considéré comme le père de la *fantasy*, avec *Bilbo le Hobbit* (1973) et surtout la trilogie du *Seigneur des Anneaux* (1968).
7. L'œuvre de Howard Phillips Lovecraft (1890-1937) est quasi exclusivement constituée de nouvelles.

Outre l'hommage appuyé au cinéaste John Carpenter (voir la « Note de l'auteur »), Christophe Lambert parsème son œuvre de nombreux clins d'œil au 7e art, de *2001, l'Odyssée de l'espace,* de Stanley Kubrick, au *Jour où la Terre s'arrêta,* de Robert Wise, en passant par l'inévitable *Star Wars,* de George Lucas, dont la vision, à l'âge de dix ans, décida de sa vocation. L'espace-temps du *Souffle de Mars* est donc bel et bien agencé comme un décor de studio aux façades en trompe l'œil, avec ses acteurs, ses figurants et son metteur en scène qui crie : « Action ! ».

L'action, elle, se resserre autour de six personnages, chiffre *impossible* numérologiquement parlant. En effet, dans l'Apocalypse, le 6 est associé au péché, à la révolte et à la Bête, dont le nombre est 666. Le chiffre de l'achèvement est le 7. Pour former le cercle de tous ceux qui se sont engagés dans cette quête de vérité se passant en l'an maléfique 2121[1], le lecteur devra donc chercher un septième personnage et émettre des hypothèses sur son identité.

Du plus vieux, Charles Hallahan, climatologue, au plus jeune, Keith David, stagiaire, il n'y a, apparemment, qu'une inversion de chiffres. Le premier a 61 ans, le second 16. Mais bien sûr, en tant que mentor, Charles détient les clés du savoir. Grâce à son expérience, il modélise, médiatise, anticipe et conduit le lecteur au sens de l'histoire. Keith, lui, en jeune héros habitué avec les filles à la stratégie du chewing-gum, a bien du mal à se décoller de son passé tout neuf. Amusant paradoxe ! Christophe Lambert montre que l'anticipation est en réalité une faculté de « vieux », et la rétrospection une caractéristique de « jeune ».

N'ayant pas encore l'âge de piloter quoi que ce soit, Keith détient néanmoins le privilège de partager avec le lecteur les confidences nocturnes des autres personnages. La jeune et

1. 2121 = 2 + 1 + 2 + 1 = 6

belle glaciologue, Frances Sternaghen, a enfermé les mâles en deux blocs : les « égocentriques » et les « paranos ». Qui fera fondre son armure d'amabilités ? Laurence Turman, la mélancolique météorologue qui arrose de sa pluie de larmes le micropotager de la station *Burroughs* ? Kurdy Russel, le baroudeur spécialiste des cocktails aléatoires et d'escalades périlleuses sur parois glacées et cœurs gelés ?

Le seul qui préfère les sentences aux confidences, c'est Wilford Brimley. Ex-marine, le géologue se passionne pour les météorites. N'est-ce pas parce qu'il est lui-même fossilisé par sa lecture, sectaire, de la Bible ? Heureux et malveillant, il guette, dans l'histoire, les signes de l'Apocalypse. Et qui cherche finit par trouver ! Coincé entre les deux pinces d'une temporalité qui replie futur sur passé, envers sur endroit, fable sur roman, Wilford Brimley se broiera lui-même dans ses sombres prophéties[1].

C'est dans cette pliure du temps que le roman se construit, en diptyque. Les dix premiers chapitres s'ouvrent sur dix aubes martiennes. Les dix suivants égrènent, heure par heure, l'unité de temps d'une tragédie.

Dans une tragédie, la catastrophe est *déjà là*, avant même que la dramaturgie ne mette en marche son implacable mécanique. Ici, elle survient, dès l'exposition, sous la forme d'un « *point noir* » qui grossit à l'horizon. Il ne s'agira plus, ensuite, que de repérer quelles forces ténébreuses se sont amassées derrière ce point et la dimension qu'il atteindra. Dans les œuvres classiques, la fatalité pèse sur les personnages de tout son ciel de légendes et de dynasties maudites. Chez Christophe Lambert, la malédiction vient des Terriens et de leur éternelle soif de conquête. La déesse mère *Gaïa*[2] est

1. À vrai dire, il est surtout broyé par les pinces du robot Nestor, possédé par l'Entité !
2. Dans *La Théogonie* (VIII ou VIIe siècle avant Jésus-Christ), le poète grec Hésiode tente de classer rationnellement la multitude des dieux célébrés par les mythes grecs. Gaïa est la déesse qui personnifie la Terre et qui engendrera, sans intervention d'élément mâle, Ouranos (le Ciel) et Pontos (la Mer).

devenue une vulgaire centrale de terraformation, visant à transformer la planète Mars en une banlieue de la Terre pour le confort égoïste des colons. « *Cette histoire de terraformation, c'est du viol !* » s'emporte Kurdy.

Mais, comme dans les tragédies encore, il y a une ligne à ne pas dépasser. Les Anciens l'appelaient *hybris* : la démesure. La franchir, c'est, inéluctablement, s'exposer à des châtiments terribles. Évoquant Lewis Carroll[1], Charles Hallahan prévient : « *Nous avons traversé une frontière invisible...* ». Ce qui attend les humains, alors… c'est peut-être l'énigme d'un poster. Affiché dans la chambre de Kurdy Russel, l'amateur de musique hard ou planante, il reproduit un célèbre cliché adressé par la sonde *Viking I* en 1976. Quel est ce visage pétrifié, aveugle et muet de la vallée de Cydonia ? Les « prisonniers du silence » déchiffreront-ils le « silence du prisonnier » ?

Mélange de cendres et de poussière rouge, la tempête souffle dans le roman de Christophe Lambert. Quand, à la dernière page, l'aube se lève une dernière fois, les lecteurs £terriens auront-ils compris que la légendaire planète ne peut devenir ni la dernière station touristique à la mode, ni un laboratoire d'expérimentation, ni une colonie de plus ?

Alors quoi ? Une prison à rêves ?

Catherine Craipeau est professeur agrégée de français au lycée technologique régional Dorian (Paris, 11e). Elle est à l'initiative du projet interdisciplinaire « Mars 2001 », un projet qui a permis à trois classes du lycée de travailler sur les rapports entre la science et la littérature, de visiter l'exposition Mars à la Cité de l'espace à Toulouse, de concevoir un site sur Internet consacré à la planète rouge et de rencontrer Christophe Lambert et Manchu.

1. Lewis Carroll (1832-1898) est l'auteur d'*Alice au pays des merveilles* (1865) et de *De l'autre côté du miroir* (1872).

Table des matières

L'auteur : Christophe Lambert

Christophe Lambert est né en 1969 dans la région parisienne. En 1979, son père l'emmène au cinéma voir Star Wars. *C'est le choc, dont il ne s'est toujours pas remis ! Il a suivi des études de cinéma, réalisé plusieurs courts métrages, travaillé pour la télévision (M6) et dirigé des ateliers vidéo dans les collèges. Il vit actuellement de sa plume.*

Il débute en 1996 avec Sitcom en péril *(Hachette Jeunesse, « Vertige policier »), un polar plein d'humour se passant dans les milieux de la télévision qu'il connaît bien. Dès son premier roman de science-fiction, dont l'action a pour cadre un bagne orbital,* La Nuit des mutants *(Hachette Jeunesse, « Vertige SF », 1997), il obtient le prix Ozone et décroche la sélection Culture Collège de* Je bouquine. Meurtres à 30 000 km/s *(Hachette Jeunesse, « Vertige SF », 1998), situé entre* Alien *et* Les Dix Petits Nègres, *confirme le goût de l'auteur pour les angoissants huis-clos spatiaux. Après un détour par le fantastique (*Pages blanches et magie noire, *1998) et un autre roman policier (*Console à haut risque, *1999), toujours pour la collection « Vertige », Christophe Lambert revient en force à la science-fiction avec un haletant roman-catastrophe,* Titanic 2012 *(Hachette, 1999). Publié hors collection jeunesse, ce roman démontre à l'évidence que l'auteur n'a pas l'intention de se limiter à une tranche d'âge, ce que confirme* Les étoiles meurent aussi, *un polar scientifique paru dans la collection « Quark Noir » (Flammarion, 2000).*

Il est au sommaire de l'anthologie Graines de Futurs *(Mango, « Autres Mondes », 2000), avec un récit très intimiste de voyage dans l'espace,* Fly me to the Moon.

L'illustrateur : MANCHU

Manchu est né en 1956. Le film de Stanley Kubrick 2001, l'Odyssée de l'espace *(1968) et les premiers pas de Neil Armstrong sur la Lune (1969) ont marqué son adolescence. Mais, comme il savait mieux se servir d'un crayon que d'une règle à calcul, Manchu est devenu peintre « space art », plutôt que cosmonaute. Il a travaillé sur* Il était une fois… l'espace *(FR 3) et sur le jeu de rôle* L'empire galactique, *collaboré à la revue* Ciel et Espace, *illustré de nombreuses collections de science-fiction (« Le Livre de poche SF », « Présence du Futur », « Vertige SF », « Lunes d'Encre », etc.) et fait le design de* Amenophis IV, *bande dessinée de Dieter et Étienne Le Roux (Delcourt, 2000). L'an 2000 est l'année de sa consécration : il expose dans toutes les grandes manifestations SF (les Galaxiales à Nancy, Étonnants Voyageurs à Saint-Malo, Utopia 2000 à Nantes) et à la Maison d'Ailleurs à Yverdon (Suisse). Il vient de recevoir le Grand Prix de l'Imaginaire 2001.*

AUTRES MONDES

Une collection dirigée par Denis Guiot

Une exploration passionnante de
l'imaginaire de science-fiction :
réalités virtuelles et truquées, planètes lointaines,
rencontres avec des extraterrestres,
mondes parallèles de la *fantasy*,
voyages dans le temps, sociétés futures…
Une invitation à l'aventure, au rêve, à la réflexion
et au voyage pour les jeunes du troisième millénaire.

« On souhaite longue et belle vie à cette collection
où les auteurs prennent suffisamment les gamins
au sérieux pour leur proposer des intrigues
inventives et substantielles. »
(Sophie Bourdais – Télérama*)*

TITRES DÉJÀ PARUS

1. GRAINES DE FUTURS

Anthologie dirigée par Denis Guiot, préface d'Albert Jacquard

Clones acteurs de cinéma, éoliennes flottant dans la haute atmosphère, logiciels sentimentaux, maisons tueuses, bananes qui vaccinent, nanorobots fantômes, retour de l'homme sur la Lune…
À l'aube du troisième millénaire, l'éventail des futurs possibles engendrés par l'accélération de la connaissance scientifique donne le vertige et a inspiré les sept nouvelles inédites réunies dans cette anthologie.
Sept graines de futurs plantées par les meilleurs écrivains de science-fiction pour la jeunesse : Ange, Robert Belfiore, Christian Grenier, Alain Grousset, Jean-Pierre Hubert, Christophe Lambert, Danielle Martinigol et Joëlle Wintrebert.

« *En fin de compte,* Graines de Futurs *est une anthologie remarquable à plus d'un titre. Elle aborde les grandes questions auxquelles nous sommes déjà confrontés, de manière claire, intelligente et divertissante… Elle montre la diversité de la science-fiction en mélangeant les styles et les genres : policier, conte de fées, épouvante ou même autobiographie… Elle interroge et stimule le lecteur, l'armant pour une meilleure compréhension du monde moderne… Bref, elle constitue un salutaire passeport pour le futur !* »
(Laureline Patoz – www.noosfere.com*)*

2. LES CENDRES DE LIGNA

par Jean-Pierre Hubert

Dans la profondeur des forêts de la planète Ligna se cache un arbre aux pouvoirs mystérieux qui excite bien des convoitises : le ginnka. Jusqu'à présent, Maître Harvinn et ses apprentis Jona et Rick ont exploité ses richesses en respectant la planète et ses habitants, les Cendreux, des êtres étranges mi-humanoïdes, mi-végétaux, pour qui le ginnka est un arbre sacré. Mais d'autres colons, plus soucieux de rentabilité, décident d'utiliser une monstrueuse machine robotisée, le mégabull. Le ginnka se transforme alors en un redoutable adversaire.

« Les Cendres de Ligna *est un planète opéra développant une thématique écologique de façon très intelligente et avec une grâce d'écriture peu commune, qui bénéficie de surcroît d'une superbe couverture de Manchu.* »
(Jacques Baudou – Le Monde*)*

3. L'ŒIL DES DIEUX
par Ange

Ils ont entre neuf et quatorze ans et sont divisés en bandes rivales : les Loups, les Ours et les Crazes. Ils sont vingt-neuf exactement, et vivent depuis toujours dans la Bulle, un lieu étrange et hermétiquement clos qui leur dispense nourriture et énergie.
Depuis que les robots qui s'occupaient d'eux se sont immobilisés à jamais, ils passent leur temps à se faire la guerre, sous la conduite de Mina et Jeff. Mais un jour, les distributeurs de nourriture s'arrêtent de fonctionner et la Bulle protectrice se métamorphose en un piège mortel.

« Un des partis pris de cette nouvelle collection de Mango intitulée "Autres Mondes" et dirigée par Denis Guiot, parfait connaisseur de la science-fiction jeunesse, est de stimuler autant l'imagination que la réflexion. Pari réussi avec ce troisième titre, qui ne dévoile en rien une issue saisissante. »
(Frédérique Roussel – Libération*)*

4. LE SOUFFLE DE MARS
par Christophe Lambert

Mars, année 2121. La colonisation a commencé. Le jeune Keith David fait partie d'une petite équipe qui effectue des relevés scientifiques du côté de Chasma Borealis, la plus grande vallée glaciaire du pôle Nord. Mais la navette qui doit venir les reprendre s'écrase à l'atterrissage. De plus, Bradbury Town, la base principale, ne répond plus. Après un périple épuisant à travers les déserts de la planète rouge, Keith et ses amis rejoignent la base. Et là, l'horreur les attend…
Un suspense martien implacable, par l'auteur de *Titanic 2012*.

5. LES ABÎMES D'AUTREMER
par Danielle Martinigol

Sandiane a 16 ans. Elle est l'assistante de son père qui est grand reporter. Tous deux traquent le scoop à travers tout le cosmos. Ils décident d'aller sur la farouche planète-océan Autremer percer le secret des Abîmes, ces astronefs mythiques qui en seraient originaires. Mais là, Sandiane et son père se retrouvent en butte à l'hostilité des habitants, et tout particulièrement à celle du jeune Mel et de son oncle, responsable d'une entreprise de safaris sous-marins. Quel redoutable secret dissimulent les eaux de la planète Autremer ? Après *Les Oubliés de Vulcain*, un autre grand roman écologique et romantique de Danielle Martinigol, doublé d'une passionnante réflexion sur les médias de demain.

6. SQUATTEUR DE RÊVE !

par Dany Jeury

Thibaut est dans le coma, victime d'un grave accident de skate-board. Sur son lit d'hôpital, bardé de fils électriques reliés à un ordinateur et de tuyaux de toutes sortes, il rêve de ses copains et surtout de Plotte, sa petite fiancée. Soudain, un jeune punk aux cheveux rouges surgit dans son rêve. Qui est cet intrus ? D'où vient-il ? Ami ou ennemi ? Le véritable danger ne viendra pas de cet étrange squatteur prénommé Paulin, mais de Thibaut lui-même. Car les rêves peuvent tuer.
Écrit d'une plume très alerte par une jeune auteur de 24 ans, un roman troublant aux marges du fantastique qui entraîne ses lecteurs dans une dramatique course contre la montre.

TITRES À PARAÎTRE EN SEPTEMBRE 2001

7. LES VISAGES DE L'HUMAIN

Anthologie dirigée par Denis Guiot

Manipulations génétiques, conditionnement neurobiologique, clonage, chimères, cyborgs redessinent de manière accélérée les frontières de l'humain. Que sera l'homme de demain ? À sa sortie de la Grande Fabrique du Vivant, appartiendra-t-il toujours à l'espèce *homo sapiens* ? Conservera-t-il toujours son libre arbitre ? Pour répondre à ces questions de plus en plus pressantes, *Les Visages de l'humain* réunit dans son sommaire : Jean-Pierre Andrevon, Fabrice Colin, Christian Grenier, Gudule, Jean-Pierre Hubert, Dany Jeury et Éric Simard. Sept nouvelles décapantes pour faire le tour de l'*homo futuris* !

8. LES CHIMÈRES DE LA MORT

par Éric Simard

Fin du XXIe siècle. Le conflit fait rage entre la Terre et sa colonie lunaire. Emmenées par le lieutenant Sorg Lancray, les Chimères de la Mort (des créatures animales mi-gorille, mi-lion) sèment la terreur sur la face cachée de la Lune. De retour sur Terre, Sorg se réfugie dans la demeure familiale, un fort au large de Saint-Malo. Mais son passé le poursuit. Son frère Bran, qu'il n'avait plus vu depuis des années, généticien pour la Confédération, lui lègue à sa mort le fruit de ses recherches interdites : Onyx, une chimère d'un nouveau type, mi-humaine, mi-féline. Dans quel but ?

Dans la lignée du Wells de *L'Île du docteur Moreau*, Éric Simard, biologiste de formation et prix de la PEEP 2000 pour *Le Souffle de la pierre d'Irlande*, aborde le fascinant et sulfureux problème du croisement entre espèces.

9. LES ENFANTS DE LA LUNE

par Fabrice Colin

Décembre 1942. Paris occupé gémit sous la botte nazie. Deux jours avant Noël, le jeune Adrien reçoit un étrange message, destiné en fait à son grand-père… mort il y a plus de dix ans ! C'est un appel au secours qui commence en ces termes : « Aux temps maudits de l'Exode, vous avez aidé notre peuple. Une fois encore, et sur les recommandations de notre reine, nous faisons appel à vous. » Signé : Leydamoon, du peuple Annwyn. Adrien se lance alors dans une dramatique course contre la monstre pour sauver les derniers Annwynns pourchassés par les Sithes, d'abominables créatures de la nuit associées aux nazis. Hélas, tous les passages permettant à Leydamoon et à son peuple de quitter notre univers se sont refermés. Sauf un.

Une *fantasy* urbaine aux accents poétiques, ancrée dans une époque douloureuse de l'histoire contemporaine.

Impression réalisée sur CAMERON par

BRODARD & TAUPIN

GROUPE CPI

La Flèche
en mars 2001

Imprimé en France
Dépôt légal : mars 2001
N° d'impression : 5711